Die schönsten Weihnachtsgeschichten

Erzählt und ausgewählt
von Willi Fährmann

Butzon & Bercker

Bibliografische Information der Deutschen Nationalbibliothek

Die Deutsche Nationalbibliothek verzeichnet diese Publikation
in der Deutschen Nationalbibliografie; detaillierte bibliografische
Daten sind im Internet über http://dnb.d-nb.de abrufbar.

Das Gesamtprogramm
von Butzon & Bercker
finden Sie im Internet
unter www.bube.de

ISBN 978-3-7666-1745-3

© 2013 Butzon & Bercker GmbH, Hoogeweg 100,
47623 Kevelaer, Deutschland, www.bube.de
Umschlaggestaltung und Layout: Elisabeth von der Heiden, Geldern
Satz: SATZstudio Josef Pieper, Bedburg-Hau
Printed in the European Union

Inhalt

Der Weihnachtsbaum,
der zu früh dran war

Olli ist Nachtwächter auf einem Bauhof. Olli ist gern Nachtwächter. Seit seine Frau vor zwei Jahren gestorben ist, lebt er allein. Manche alten Freunde fragten ihn: „Ist das nicht langweilig, Olli, die ganze Nacht rumgehen, rumstehen und rumsitzen?"

„Nein", antwortet Olli dann. „Ich spreche nachts mit dem alten Baukran oder mit dem Lastwagen, der hinten auf dem Hof steht. Die haben viel gesehen und viel erlebt. Da vergehen die Stunden wie im Fluge. Der LKW ist zum Beispiel vor drei Jahren noch in Timbuktu gewesen, das liegt …" „Hör auf, Olli", lachen dann die Freunde, „du spinnst mal wieder."

Nur Elli, das kleine Mädchen, das in der Wohnung unter Olli wohnt, die hört Ollis Nachtgeschichten gern. Sie fragt ihn: „Olli, mit wem hast du letzte Nacht gesprochen?" Dann erzählt er von der Wüstenstadt Timbuktu, von dem großen gelben Fluss in China und von dem schneebedeckten Kilimandscharo mitten in Afrika. Ende November fragte Elli den Olli wieder: „Olli, mit wem hast du letzte Nacht gesprochen?"

„Mit 'nem Weihnachtsbaum", sagt Olli. Diesmal lacht

auch Elli. „In vier Wochen ist doch erst Weihnachten",
sagt sie. „Oder steht bei euch der Baum noch vom letzten
Jahr?"

„Das ist es ja eben", antwortet Olli. „Der Baum ist traurig. Er ist vor drei Wochen schon geschlagen worden. Viel
zu früh", sagt er. „Er kann gar kein richtiger Weihnachtsbaum mehr werden."

Elli fragt: „Hat er denn keine Lichter?"

„Sicher", sagt Olli. „Er hat 24 elektrische Kerzen und steht
auf der Terrasse vom Chef. Jeden Abend um sechs gehen
die Lichter automatisch an und morgens wie von selbst
wieder aus."

„Aber dann leuchtet er doch herrlich, Olli."

„Das ist es ja eben, Elli. Er will eigentlich noch gar nicht
leuchten."

„Will er nicht? Ist doch schön, wenn die Nacht heller
wird."

Olli sagt: „Der Baum, den ich meine, der heißt Picea. Er
hat mir erzählt, dass alle seine Geschwister im Wald aufge-
regt sind, wenn die Waldarbeiter mit den Sägen kommen.
Denn sie wissen es: Wenn an unseren Zweigen die Kerzen
brennen, dann ist Weihnachten. Es geht in der Adventszeit
erst ganz allmählich los mit dem Licht. Eine Kerze brennt:
1. Advent. Noch ist die Nacht dunkel, aber ein Fünkchen
glimmt schon. Manche, die ein bisschen nachdenken, die
merken es: Es ist nicht alles stockfinster. 2. Advent: Zwei
Kerzen brennen heller als eine. Das Licht wächst. Drei Kerzen am 3. Advent. Ganz langsam breitet sich Freude aus.

Das Licht wird eines Tages bestimmt die Dunkelheit vertreiben. 4. Advent, vier Lichterflammen in der Nacht. Jetzt wissen es alle: Bald ist es so weit. Nur noch Tage, manchmal nur noch Stunden, dann funkelt und blitzt es von allen Zweigen: Die Nacht ist hell geworden. Weihnachten eben. Der Baum sagte zu mir: Wer so das Licht Flamme um Flamme wachsen sieht, der kann sich richtig auf Weihnachten freuen. Und dann stehen wir Weihnachtsbäume im Zimmer, über und über geschmückt, und der Jubel ist groß: Fröhliche Weihnachten."

Elli sagt: „Picea meint, und daraus wird nichts, wenn die Menschen ihn zu früh aufstellen?"

„Das ist es ja eben, Elli. Die Menschen, die das tun, die sind zu ungeduldig. Sie wollen nicht warten, bis die Freude wächst. Picea sagt: Freude wächst langsam, genau wie wir Tannen im Wald. Manche, die den Weihnachtsbaum zu früh aufstellen, die wollen sich auch gar nicht auf das große Fest vorbereiten. Sie wissen gar nicht, dass ohne Vorbereitung das Fest nur halb so schön ist. Und den Baum auf der Terrasse beim Chef, den hat's erwischt. Er hatte sich schon so darauf gefreut, das Weihnachtsfest mit vielen Kerzen hell und schön zu machen, festlich zum Fest geschmückt. Jetzt fühlt er sich ganz belämmert. Wie die Elli, wenn sie zum Geburtstag einer Freundin gehen will, ihr schönstes Kleid anzieht, ein Geschenk mitnimmt, fröhlich am Haus der Freundin ankommt, und dann sagt die Freundin: Ist bei dir 'ne Schraube locker? Ich hab doch erst nächsten Monat Geburtstag, sagt der Baum."

„Hat er wirklich ‚Elli‘ gesagt, Olli?"

„Ich glaube, ja, Elli, aber ich kann ihn ja heute Nacht noch mal fragen."

„Die Geschichte musst du deinem Chef erzählen, Olli. Vielleicht versteht der dann auch, dass er die Lichter zu früh angesteckt hat."

„Weißt du, Elli, wenn ich davon anfange, dann lacht der Chef nur und sagt: Der Olli, der spinnt mal wieder!"

„Dann werde ich ihm einen Brief schreiben, Olli. Vielleicht wirkt das!?"

„Prima, Elli, mach das! Wer weiß, vielleicht denkt er dann ein bisschen darüber nach."

„Und macht die Kerzen erst Weihnachten an?", fragt Elli.

„Na, ich weiß nicht, Elli. Aber möglich ist alles."

Willi Fährmann

Barbara und die Bergleute

Der alte Antonius Faller hatte damals damit angefangen, den Schacht in die Erde zu treiben und die Kohlen zu fördern. Er nannte seine Grube „Fröhliche Morgensonne". Später sind seine Söhne August und Andreas und noch ein paar andere junge Männer aus der Fallerfamilie mit ihm eingefahren. Sie haben gute Kohlenflöze gefunden und viel von dem schwarzen Gold ans Tageslicht gebracht. Der Antonius Faller kannte sich gut aus da unten im Schacht und brachte seinen Söhnen und den anderen Männern alles bei, was ein Bergmann können muss. Er war ein starker Mann und konnte einen eisernen Nagel mit der bloßen Hand krumm biegen.

Aber schließlich ist er alt geworden. Die schwere Arbeit und die ständige Feuchtigkeit da unten vor der Kohle, die haben ihm den Rücken krumm gezogen und das Atmen schwer gemacht. Seine Söhne haben ihm eines Tages die Hacke aus der Hand genommen und gesagt: „Vater, du hast genug gearbeitet. Bleib zu Hause und mache dich nicht kaputt!"

Antonius hat dann im Sommer oft auf der Bank vor dem

Haus gesessen und sich die Sonne auf den krummen Rücken scheinen lassen. Im Winter war sein Platz nahe am Ofen. „Die Wärme tut den alten Knochen gut", hat er gesagt. Sooft es ging, hat sich seine Enkelin Anna neben ihn gesetzt.

Einmal, es war am Morgen des 4. Dezember, nahm er ein Messer und schnitt einen Kirschzweig vom Baum.

Da fragte die Anna ihn: „Warum machst du das? Die Zweige sind doch dürr."

„Heute ist Barbaratag", antwortete Antonius.

„Und?", fragte Anna. „Was hat das mit dem Zweig zu tun?"

„Na", sagte Antonius, „den stell ich ins Wasser und dann wird er Weihnachten blühen."

„Ach, Opa, hör auf mit deinen Lügengeschichten. Immer erzählst du mir solche Sachen. Erzähl lieber wahre Geschichten!"

Antonius war beleidigt und schwieg. Aber Anna ließ nicht nach, ihn zu bitten.

Da sagte Antonius schließlich: „Soll ich dir von dem Grubenpferd Hektor erzählen? Das ist drüben im Nachbardorf von einem Bergmann im Zorn erschlagen worden. Jahre später hat man Hektor als Pferdegeist durch die Stollen galoppieren hören."

„Opa, bitte, bitte. Wahre Geschichten."

Antonius schmunzelte:

„Na ja", gab er zu, „ob das stimmt mit dem alten Gaul Hektor, das weiß ich auch nicht so genau. Aber ich werde dir von der heiligen Barbara erzählen, die vor vielen hundert Jahren gelebt hat."

„Hör auf, Opa." Anna wurde wütend. „Unser Lehrer hat gesagt, niemand weiß etwas Genaueres über Barbara. Vielleicht, hat er gesagt, vielleicht hat sie gar nicht gelebt."

Antonius schimpfte: „Der Quatschkopf. Der will Lehrer sein und erzählt den Kindern so etwas. Wir Bergleute wissen besser über Barbara Bescheid als die meisten Lehrer." Er stand auf, nahm ein Glas und stellte den Kirschzweig ins Wasser.

„Deine Geschichten von Barbara will ich erst glauben, wenn der tote Zweig an Weihnachten wirklich blüht", bockte Anna und lief hinaus.

„Sie ist richtig störrisch", brummte Antonius.

Vierzehn Tage später kamen die Bergleute ziemlich besorgt aus dem Schacht.

August und Andreas gingen zu ihrem Vater in die Stube und sagten: „Vater, irgendetwas stimmt nicht in unserer Grube. Wir arbeiten an einem dicken Kohlenflöz und schaffen viele Kohlen ans Licht. Aber irgendetwas stimmt nicht."

„Habt ihr alles gut verbaut und abgestützt?", fragte Antonius.

„Sicher, Vater, wie immer."

„Ich fahre morgen selber mal ein", sagte Antonius. „Ich schau's mir mal an."

„Morgen ist Sonntag, Vater", sagte Andreas.

„Macht nichts, Junge. Ich will ja nicht arbeiten. Ich will nur horchen und schauen."

„Nun, wenn du meinst", sagte Andreas.

Am nächsten Tag, gleich nach dem Mittagessen, zog Antonius seinen alten Arbeitsanzug an. Dann nahm er den Kirschzweig aus dem Wasser und schaute ihn an. Der Zweig hatte kleine grüne Knospen getrieben. „Ich nehme dich mit, weil heute Sonntag ist", lachte Antonius und steckte sich den Zweig ins Knopfloch.

Am Schacht zündete er seine Öllampe an. Dann stieg er in den Korb und die Söhne ließen ihn in die Tiefe. Unten angekommen, kletterte er aus dem Korb. Das Grubenpferd Max begrüßte ihn fröhlich und wieherte. Antonius tätschelte ihm den Hals und sagte: „Du kennst mich noch, Max, nicht wahr?"

Antonius musste lange gehen. Die Söhne hatten den Stollen weit in den Berg getrieben. Immer wieder hob Antonius die Öllampe und prüfte, wie der Stollen abgestützt und verbaut war.

„Gut, gut", murmelte er, „sie haben doch was gelernt vom alten Antonius."

Endlich war er an dem Ort, wo die Kohle herausgebrochen wurde. Hier war Antonius weniger zufrieden. Er stieß mit dem Fuß an eine Blechtasse.

„Keine Ordnung", schimpfte er vor sich hin. Dann sah er, dass die Tasse wohl absichtlich an die Stelle gestellt worden war, denn es tröpfelte Wasser von oben. Blubb, blubb, blubb. Immer genau in die Tasse hinein. Aber noch einmal maulte Antonius: „Keine Ordnung" und hob einen Meißel vom Boden auf. „Alles lassen sie herumliegen. Sogar die Ölkanne haben sie einfach mitten im Stollen stehen lassen." Er nahm die Kanne und stellte sie an die Seite. Dann prüfte er noch einmal die Stempel und Stützen und klopfte mit dem Meißel gegen das Holz.

„Singt doch gut", sagte er. „Was mögen die gestern wohl im Berg gehört haben?"

Er lachte auf: „Ist sicher das Geisterpferd Hektor hier herumgestampft."

Kaum hatte er das ausgesprochen, da lief ein scharfes Knistern durch das Gestein. Und dann brach es los, Bersten, Kreischen, Donnergrollen. Ein Windstoß wirbelte eine dicke Staubwolke heran und blies seine Lampe aus. Antonius hatte sich niedergeduckt und ganz klein gemacht. Er wusste es gleich, hinter ihm war der Berg gebrochen. Der Stollen war verschüttet. Mit zittrigen Fingern zündete er das Öllicht wieder an. Keine zehn Meter weiter waren die dicken Stempel zersplittert und herabgestürztes Gestein versperrte den Rückweg. Antonius begann wie irr die Brocken wegzuzerren, aber die Steine rutschten immer wieder nach. Bald hatte er sich die Hände an den scharfen Felsbrocken aufgerissen. Antonius hockte sich nieder. Als er wieder klare Gedanken fassen konnte, wusste er, dass es sinnlos war, auf diese Weise weiterzumachen. „Mit bloßen Händen schaffst du das nie", murmelte er.

Er nahm den Meißel und klopfte gegen den Stein. Seine Söhne sollten ihn hören und ihn herausholen. Sie hatten ein Klopfzeichen vereinbart: lang, kurz, kurz, kurz, kurz, kurz, lang, lang, lang. Antonius hatte es selber vor Jahren ausgedacht. Man konnte es gut auf den Rhythmus vor sich hin sprechen: „Hei-li-ge Bar-ba-ra, steh uns bei!" Und so klopfte er in immer gleichen Abständen: Poch-pochpoch-pochpochpoch-poch-poch-poch. Außer diesem Signal und dem unablässigen Tropfen des Wassers war nichts zu hören. Antonius trank einen Schluck. Das Wasser schmeckte bitter. Sein Blick fiel auf den Kirschzweig an seiner Jacke. „Du sollst nicht verdursten", sagte Antonius und steckte den Zweig in die Tasse.

Die Stunden vergingen. Unablässig klopfte er. Zweimal hatte er schon Öl aus der Kanne in die Lampe gefüllt. Daran erkannte er, dass er schon über 20 Stunden in dem steinernen Gefängnis saß. Er wurde müde.

„Ich darf nicht einschlafen", sagte er sich. „Sie müssen mein Zeichen hören. Sonst ist es aus mit mir."

Er begann leise vor sich hin zu singen. Alle Lieder, die er kannte, sang er von der ersten bis zur letzten Strophe. Seine Stimme wurde rau.

„Wie gut, dass der Berg tropft", sagte er und trank ab und zu ein Schlückchen von dem Bitterwasser. Gelegentlich nickte er ein, schrak aber nach einer Weile immer wieder auf und begann erneut das Signal zu klopfen.

„Hei-li-ge Bar-ba-ra, steh uns bei!" Poch-pochpochpoch-pochpoch-poch-poch-poch. Seine Handflächen brannten. In seinem Rücken zerrte das Rheuma. Antonius nahm die Tasse vom Boden auf, benetzte seine Lippen und schaute den Zweig an. Die Knospen waren dicker geworden.

„Ob ich je deine Blüten sehen werde?", fragte Antonius und stellte die Tasse wieder an die Tropfstelle.

Von Stunde zu Stunde klang sein Klopfen leiser. Die Pausen wurden länger und länger.

„Gut, dass sie das Öl hier gelassen haben." Er musste lachen. Das klang rau und heiser. „Manchmal ist die Unordnung doch ganz nützlich", sagte er.

Wieder schlief er ein. Als er aufwachte, wusste er, dass er längere Zeit geschlafen hatte. Er begann erneut zu klopfen. „Sie schaffen es nicht", sagte er. „Sie kriegen mich hier nicht heraus. Vielleicht ist der Stollen auf der ganzen Länge eingebrochen."

Das Hungergefühl, das ihn in der ersten Zeit gequält hatte, war verschwunden. Er kam sich ganz leicht vor und manchmal war es ihm, als ob er wie eine Feder im Wind schwebte. Dann wieder sah er auch Wahngebilde. Ihm fiel ein, wie er damit begonnen hatte, den Schacht in die Erde zu treiben, und wie sie ihn alle für verrückt gehalten hatten. Aber dann kam die Kohle und viele hatten es ihm nachgemacht und nach den Schätzen im Berg gegraben. Immer wieder tanzten Lichter und Sterne vor seinen Augen und einmal glaubte er die heilige Barbara zu sehen. Von einem Lichtschein umgeben, stand sie da und stützte sich mit ihrem Arm auf einen Turm. Wieder pochte Antonius, kraftlos, langsam. Er wusste nicht mehr, wie lange er schon in dem Loch eingesperrt war. Das Öl in der Kanne ging zur Neige. Aber mit einem Mal zuckte er zusammen. Die Wahnbilder verflogen. Er hörte es deutlich: Poch-poch-pochpochpochpoch-poch-poch-poch. Er antwortete und lauschte. Hatte er Gespenster gehört? Aber nein, wieder

hörte er es. Nun ganz deutlich. Er flüsterte und pochte:
„Hei-li-ge Bar-ba-ra, steh uns bei!"
Es dauerte noch Stunden. Aber jetzt schlief Antonius nicht
mehr ein. Dann endlich, die blanke Spitze einer Brechstan-
ge glänzte im Schein der Öllampe.
„Vater, bist du da?", schrie August.
„Ja, Junge, hier bin ich!"
Er griff nach dem Kirschzweig. „Danke, Barbara, danke",
flüsterte er.
„Wir holen dich gleich raus", rief Andreas.
„Es wird auch Zeit", murmelte Antonius.
Er versuchte aufzustehen, aber die Beine knickten ihm weg.
Sie trugen ihn hinaus. In seiner Hand hielt er den Kirsch-
zweig fest umklammert. Das Tageslicht blendete ihn. Er
kniff die Augen zusammen. Da spürte er, wie seine Enkelin
Anna ihn umarmte.
„Er blüht", sagte sie leise, „wahrhaftig, der Barbarazweig
blüht."
Sie brachten Antonius in die Stube und betteten ihn auf die
Bank am Ofen.
„Wie lange war ich da unten?", fragte er.
„Sechs Tage und sechs Nächte, Antonius", sagte seine Frau
und träufelte mit einem kleinen Löffel Fleischbrühe auf sei-
ne Zunge.
„Morgen ist Weihnachten", flüsterte Anna ihm ins Ohr,
„und er blüht wirklich."
Sie nahm dem Großvater den Zweig aus der Hand und
stellte ihn in eine Vase.

„Wenn du ganz gesund bist, Opa, erzählst du mir dann wahre Geschichten von Barbara?"

„Ja, Anna, lauter wahre Geschichten", murmelte er und schlief ein.

Willi Fährmann

Mit dem lieben Gott ist es wie mit dem Plätzchenbacken

Als kleiner Junge verbrachte ich die Zeit vor Weihnachten fast immer bei meiner Oma. Hier gab es Geschichten, warmen Kakao und frische Plätzchen. Im Ofen hörte man das Feuer knistern, und Omas Katze lag schnurrend auf dem alten Sofa.

Wenn wir uns mal nicht gegenseitig Geschichten erzählten oder miteinander spielten, schaute ich Oma oft beim Plätzchenbacken zu. Sie machte herrliche Kekse, und dann duftete das ganze Haus danach. Ich saß an dem hohen Holztisch, den Kopf auf die Arme gestützt, und sah ihr zu, wie sie den Teig bearbeitete, Sterne und Engel ausstach oder ihre Kekse mit der Hand formte.

Und an einen besonderen solcher Backtage kann ich mich noch sehr gut erinnern. Es war kurz vor Weihnachten. Oma backte meine Lieblingsplätzchen, und ich saß am Tisch und sah ihr dabei zu. Während sie den Teig vorbereitete, summte sie leise ein Weihnachtslied vor sich hin.

Als der Teig fertig in der Schüssel angerührt war, verstummte ihr Summen, und ohne aufzublicken, sagte sie zu mir:

„Weißt du, mit dem lieben Gott ist es wie mit dem Plätzchenbacken."

Ich verstand nicht, was sie meinte, und sah sie nur fragend an. Sie nahm eine Handvoll Teig aus der Schüssel, knetete ihn in ihren Händen und sagte: „Der liebe Gott hat dich gemacht. Wenn er dich in der Hand halten darf", sie streute etwas Schokoladenraspel darüber, „und wenn du dich mit ihm verbinden lässt …"

Jetzt nahm sie den Teig, legte ihn auf den Tisch und walkte ihn ordentlich durch. Dabei fuhr sie fort: „Wenn du auch bereit bist, dich richtig von ihm bearbeiten zu lassen …" Sie schöpfte etwas Teig auf einen Löffel, formte ihn zu einem runden Keks und sagte: „Wenn du dich also von ihm formen lässt …", und jetzt hielt sie mir den fertigen Keks hin, er sah schön und lecker aus, „… dann macht er aus deinem Leben etwas ganz Besonderes."

Ich sah sie überrascht an und dachte über das nach, was sie gerade gesagt hatte. Oma summte wieder ihr Lied, formte weitere Kekse und schob sie in den Backofen.

Stefan Gemmel

Wie die Großmutter die kleine Antonia umarmte und das Kind ein Schwein küsste

Antonia, 5 Jahre alt, war am Nikolausabend von ihren Eltern zur Großmutter Mathilda gebracht worden. Vater und Mutter waren Mitglieder im Kegelclub „gut Holz". Und der hatte für den 5. Dezember zu einem Adventskegeln eingeladen.

„Kommt heute Abend nicht der Nikolaus?", hatte Antonia gefragt.

„Wer weiß, vielleicht klopft er ja auch bei Oma an", hatte die Mutter dem Kind ins Ohr geflüstert.

Die Großmutter freute sich, dass ihre Enkelin bei ihr schlafen durfte, und Antonia war gern bei ihr.

Großmutter hatte den Tisch festlich gedeckt. Zwei dicke Kerzen leuchteten am Adventskranz. Ein Weckmann mit Rosinenaugen wartete darauf, verspeist zu werden.

„Wann kommt der Nikolaus, Oma?", fragte Antonia.

„Er muss heute zu vielen Kindern", antwortete die Großmutter. „Du musst dich gedulden."

Die Wanduhr schlug sieben. Der Nikolaus war noch nicht

eingetroffen. Die Großmutter wollte mit dem Abendessen nicht länger warten.

Die Uhrzeiger rückten auf acht Uhr vor. Vom Nikolaus war nichts zu hören und nichts zu sehen.

„Es wird sicher später. Er geht bestimmt nicht an unserem Haus vorüber", sagte die Großmutter. „Ich würde an deiner Stelle meinen Schuh vor die Zimmertür stellen. Der Nikolaus kommt wahrscheinlich, wenn du schon im Bett bist. Aber er wird dir bestimmt eine süße Gabe in den Schuh legen.

Antonia wartete noch eine Weile. Vergebens. Längst stand der Schuh für die Nikolausgabe bereit.

Dem Kind fielen schon die Augen zu.

Plötzlich donnerte ein lautes Klopfen gegen die Tür.

„Nikolaus scheint doch noch zu kommen", sagte die Großmutter. „Lauf, Antonia, und lass ihn herein!"

Kaum hatte Antonia die Tür einen Spalt aufgemacht, da wurde sie heftig zurückgestoßen. Zwei Männer stürzten in das Zimmer. Einer trug eine rote Zipfelmütze. Die war bis tief in die Stirn gezogen. Sein Gesicht war hinter einem mächtigen Wattebart versteckt.

Der andere hatte sich eine schwarze Maske vorgebunden. Er hielt einen Knüppel in der Hand.

„Knecht Ruprecht", schoss es Antonia durch den Kopf. Sie rannte zur Großmutter und drückte sich ängstlich an sie.

„Guten Abend, heiliger Mann", begrüßte die Großmutter die späten Gäste.

„Heiliger Mann ist gut", rief der mit der schwarzen Maske.

Er trat an den Tisch heran, hob seinen Knüppel und schlug damit so heftig auf die Tischplatte, dass das Geschirr klirrte.

Antonia spürte, dass die Großmutter zu zittern begann.

„Geld raus!", schrie der Maskenmann. „Los, dalli, dalli, sonst räumen wir hier mal gründlich auf."

Er meinte es wohl ernst; denn er wischte mit dem Knüppel den Blumentopf mit dem Weihnachtsstern von der Fensterbank.

Der Topf zersprang mit einem Knall.

Der mit dem Wattebart sagte: „Wir wollen ihr Geld, Frau. Rücken sie es heraus, und ihren Schmuck dazu. Machen sie keine Umstände!"

Der Maskierte mischte sich ein. „Na, wird's bald?", sagte er und wippte mit dem Knüppel schlagbereit über der schönen Blumenvase.

„Tun Sie, was mein Bruder sagt", forderte der Wattebart. „Wir wollen Ihr Geld und Ihren Schmuck. Dann wird Ihnen nichts weiter geschehen."

Die Großmutter erhob sich von ihrem Stuhl und suchte mit zittrigen Fingern in der Schrankschublade nach einem Schlüssel. Sie fand ihn und nahm das große Familienfoto von der Wand. Darunter kam ein Stahlfach zum Vorschein.

„Na, geht doch", sagte der Maskenmann. Er nahm der Großmutter den Schlüssel aus der Hand, schloss das Fach auf und fand einige Geldscheine und einen braunen Lederkasten.

Das Geld gab er dem, der die rote Zipfelmütze trug.

Der blätterte die Geldscheine durch und fragte enttäuscht: „Ist das alles?"

Die Großmutter nickte und sagte leise: „Das ist meine Rente für diesen Monat." Der andere Mann hatte den braunen Lederkasten geöffnet und schüttete alles, was darin war, auf den Tisch.

„Das sieht schon besser aus", murmelte er und legte die goldene Halskette, die Armbanduhr und die Brosche zur Seite. Genau betrachtete er den Fingerring mit dem blauen Stein. Er hielt ihn ins Licht und fragte:

„Was ist das für ein Klunker?"

„Lapislazuli", antwortete die Großmutter. Ihre Stimme zitterte. „Mein Mann hat vor Jahren in Chile auf einer Baustelle gearbeitet. Er hat mir den Ring mitgebracht."

„Nicht schlecht", brummte der Mann und steckte die Schmuckstücke in seine Tasche. „Aber das kann doch nicht alles Geld sein, was im Haus ist, Frau. Raus mit dem, was du versteckt hast! Dalli, dalli!"

Mit dem Knüppel hieb er wieder auf die Tischplatte.

„Ich besitze nicht mehr Geld", sagte die Großmutter leise. Antonia, die sich bislang ängstlich an die Großmutter gedrückt hatte, sprang plötzlich von ihrem Schoß. Sie ging mit kleinen Schritten in die Küche. Die Männer achteten nicht weiter auf das Kind und begannen die Schubladen des Wohnzimmerschranks aufzuziehen. Den Inhalt kippten sie auf den Boden.

Sie fanden jedoch nicht das, wonach sie suchten.

„Mist", rief der Maskenmann wütend.

Antonia kam wieder herein. In ihren Händen trug sie ein rosafarbenes Plastikschwein.

Das streckte sie dem Weißbart entgegen und sagte: „Da, nimm! Das ist mein Sparschweinchen."

Der Maskenmann riss das Sparschwein an sich.

„Ganz schön schwer", sagte er.

„Gib es zurück!", sagte der mit dem weißen Bart.

Der Maskenmann fragte ungläubig: „Bitte?"

„Gib dem Kind das Sparschwein zurück!"

„Den Schmuck etwa auch?"

„Genau. Auf den Tisch damit. Tu, was ich dir sage."

Er selbst zog die Geldscheine wieder hervor und legte auch die auf den Tisch. Dann fingerte er in seiner Hosentasche herum, zog ein Geldstück heraus und steckte es in das Sparschwein.

„Nichts für ungut", sagte er, griff den Maskenmann am Arm und zog ihn mit sich.

„Was war das denn?", schnauzte der seinen Bruder an. „Hast du etwa vor der alten Frau Angst gehabt?"

„Erinnerst du dich nicht, was damals bei uns zu Hause passiert ist? Damals am Nikolausabend, als wir noch Kinder waren?"

„Was soll schon passiert sein?"

Aber dann fiel es ihm auf einmal ein. Der Vater wollte den Bruder in die Wirtschaft schicken, die auf der anderen Straßenseite lag. Er sollte wie beinahe jeden Abend im Deckelkrug einen Liter Bier holen.

„Gib dem Jungen das Geld!", hatte er zu der Mutter gesagt.

Die Mutter hatte Tränen in den Augen. Trotzdem lachte sie auf. „Geld? Ich habe keinen Pfennig mehr. Wir haben schon überall Schulden gemacht. Wirst wohl wenigstens am Nikolausabend mal ohne Bier auskommen können."

Da war dem Vater der Zorn in den Kopf geschossen. Er hatte den Suppenteller genommen und ihn wütend auf den Boden geschmissen. Der Bruder war voller Angst in die Schlafkammer gerannt und hatte sein Porzellansparschwein herbeigetragen. Der Vater nahm es und warf es so heftig auf den Tisch, dass es in tausend rosarote Scherben zersprang. Die kleinen Geldstücke klaubte er zusammen, drückte sie dem Jungen in die Hand und sagte: „Das reicht sogar für zwei Liter Bier. Dalli, dalli!"

An all das erinnerte sich der Jüngere mit einem Male ganz genau.

„Ach so", sagte er und zog sich die schwarzen Maske vom Gesicht. Und auch der andere steckte seine rote Zipfelmütze in die Tasche und streifte den Wattebart ab.

„Ist schon merkwürdig", sagte er, „was der Nikolaus heute mit uns angestellt hat."

Die kleine Antonia hatte sich längst wieder auf den Schoß der Großmutter gesetzt. Sie drückte ihr Sparschwein fest an sich und gab ihm einen Kuss auf die Schweineschnauze.

„Ob der eine Mann nicht am Ende doch der Nikolaus gewesen ist?", fragte sie.

„Möglich ist alles", antwortete die Großmutter. „Der Nikolaus wird auf jeden Fall seine Hand im Spiel gehabt haben."

Willi Fährmann

Advent ist kommen,
heilige Zeit

A dvent ist kommen, heilige Zeit,
da machen die Menschen sich bereit.
Von ferne leuchtet ein helles Licht,
das alle Dunkelheit durchbricht,
das dunkle Nacht und Menschenleid
verwandelt in Licht und Ewigkeit.

So lasst uns denn Weihnacht entgegenschreiten
und auf dem Weg dorthin die Herzen bereiten.
Nur der kann das Weihnachtslicht empfangen,
der zuvor ist durch den Advent gegangen.

Verschließ nicht deines Herzens Tor,
leihe der Botschaft ein williges Ohr!
Horch, was die mahnende Stimme spricht:
„Menschenherz, Gott wartet auf dich!"

Unbekannter Verfasser

Die Legende von Nikolaus und Jonas mit der Taube

Schon viele Monate brannte die Sonne Tag für Tag auf die Erde. Das Gras färbte sich braun und raschelte dürr im Wind. Auf den Feldern verdorrte das Korn. Selbst an den großen Bäumen begann das Laub zu welken. Keine Wolke zeigte sich am Himmel. Es wollte und wollte nicht regnen. Die Wasserstellen waren längst ausgetrocknet. Nur die tiefsten Brunnen spendeten noch Wasser. Die Frauen schöpften daraus. In Krügen trugen sie das kostbare Wasser auf ihren Köpfen heim. Die Tiere fanden nicht ein grünes Kraut. Auch die Menschen litten Hunger. Über das ganze Land verbreitete sich eine Hungersnot.

In der Stadt Myra waren die Vorratskammern längst leer. Selbst für viel Geld gab es keinen Bissen mehr zu kaufen. Die Kinder weinten und schrien nach Brot. Doch die Mütter konnten ihnen nicht einmal eine harte Kruste geben. Die Ratten liefen bereits am hellen Tag durch die Straßen und suchten in den Gossen nach Nahrung. Sie fanden nichts.

Da näherten sich eines Tages drei Schiffe dem Hafen am Meer. Sie kamen aus der fernen Stadt Alexandria. Schwer beladen waren sie und lagen tief im Wasser. Sie wollten Korn in die Kaiserstadt Konstantinopel bringen.

Nikolaus war zu dieser Zeit Bischof in der Stadt Myra. An dem Tag, als die Schiffe auf den Hafen zusteuerten, machte er sich auf den Weg. Er wollte einen Kranken besuchen. Unterwegs bemerkte er einen Jungen, der die Straße zum Hafen hinablief. Trotz aller Eile barg er behutsam eine blaue Taube an seiner Brust.

„Wer bist du?", fragte der Bischof den Jungen und schritt neben ihm her.

„Ich bin Jonas mit der Taube."

„Deine Taube ist ein schöner Vogel", sagte der Bischof.

„Sie ist müde und matt", klagte der Junge. „Vorgestern gab ich ihr das letzte Maiskorn, das ich hatte. Seit gestern rührt sie keinen Flügel mehr."

„Und wohin willst du so eilig?", fragte der Bischof.

Da antwortete der Junge: „Ich will zum Hafen, Herr Bischof. Da sollen drei Schiffe festgemacht haben."

„Drei Schiffe?" Der Bischof staunte. „Was wollen denn Schiffe in unserem Hafen? Bei uns gibt es nichts mehr, was sie einladen könnten."

„Die Schiffe sind voll beladen", sagte der Junge. „Kornschiffe sind es. Sie kommen aus Alexandria und wollen nach Konstantinopel weitersegeln."

Da nahm Nikolaus den Jungen bei der Hand und ging mit ihm zum Hafen. Schiffe, mit Korn hoch beladen, das konnte die Rettung für die Menschen in Myra bedeuten. Aus Korn kann man Mehl mahlen. Aus Mehl wird Brot. Brot stillt den Hunger. Korn bedeutete das Ende der Hungersnot. Niemand musste mehr am Hunger sterben. Brot, das war Hoffnung in Todesnot.

Auf dem freien Platz vor dem Hafen drängten sich viele Menschen. Sie waren herbeigeeilt, weil sie die Kornschiffe sehen wollten. Jeder hoffte, dass er Korn kaufen könnte.

„Ich werde Korn für meine Taube bekommen", sagte der Junge. Weil sein Magen vor Hunger knurrte, fügte er hinzu: „Und auch für mich möchte ich Korn haben."

Doch es war kein Jubel zu hören. Niemand stieß einen Freudenschrei aus. Stumm standen die Menschen und starrten auf die Schiffe. An der Bordwand der Lastschiffe hatten sich die Matrosen versammelt. Sie trugen Lanzen in den Händen.

Drohend richteten sie die Spitzen ihrer Waffen gegen die Menge. Jonas mit der Taube hielt die Hand des Bischofs ganz fest. Er hatte Angst vor den finsteren Gesichtern der Matrosen.

Nikolaus drängte sich bis zur Hafenmauer vor. „Wo ist der oberste Kapitän dieser Schiffe?", rief er. „Ich möchte mit ihm sprechen."

„Ich bin der oberste Kapitän", antwortete ein großer, schwarzbärtiger Mann.

„Kann ich zu dir auf das Schiff kommen?", fragte der Bischof.

„Komm auf das Schiff, aber komm allein!", sagte der Kapitän.

Zwei Matrosen schoben ein schmales Brett vom Schiff bis auf die Ufermauer. Nikolaus ließ die Hand des Jungen los und schritt über den schwankenden Steg. Die Planke wippte.

Dem Bischof wurde ein wenig schwindelig. Da lief Jonas mit der Taube ihm leichtfüßig nach, ergriff wieder seine Hand und führte den Mann sicher hinüber. Beide gelangten heil an Bord des Schiffes.

„Was willst du von mir?", fragte der Kapitän.

„Du siehst, Kapitän, die Leute in Myra leiden großen Hunger. Nirgendwo in der ganzen Gegend kann man Brot kaufen. Deine Schiffe sind bis an den Rand mit Korn gefüllt. Verkaufe den Leuten einen Teil deiner Ladung!"

„Das darf ich nicht", antwortete der Kapitän. „In Alexandria ist die Ladung genau gewogen worden. Kein Korn zu viel, kein Korn zu wenig. Du weißt selber, was mit einem Kapitän geschieht, der seine Ladung nicht bis auf das letzte Pfund in Konstantinopel abliefert. Der Kaiser lässt ihm den Kopf abschlagen."

„Aber die Leute müssen sterben, wenn du ihnen nicht hilfst", sagte der Bischof.

Einen Augenblick lang dachte der Kapitän nach. Dann aber schüttelte er den Kopf und sagte: „Mein Hals ist mir näher als euer Hunger. Wenn ich zwei Köpfe besäße, dann würde ich einen wohl wagen, um euch aus der Not zu helfen."

„Hat nicht der Heiland mit fünf Broten die große Volksmenge satt gemacht? Sind nicht damals zwölf Körbe voll

Brot übrig geblieben?", fragte der Bischof. „Hilf uns und kein Körnchen wird an deiner Ladung fehlen."

„Ich kenne die Jesusgeschichte sehr gut", sagte der Kapitän. „Wenn das stimmt, dass mir kein einziges Korn fehlen wird, dann will ich dir helfen." Der Kapitän zog ein Stück Kreide aus der Tasche. Er kletterte an der Strickleiter bis zum Wasser hinunter. Genau dort, wo das Wasser die Schiffsplanken berührte, machte er einen Kreidestrich an die Bordwand.

Neugierig beugte sich Jonas mit der Taube über die Reling und schaute ihm zu.

„Wir werden es sehen", sagte der Kapitän listig. „Ihr könnt von dem Korn nehmen, so viel ihr wollt. Doch ihr tragt es nicht weg, sondern schüttet es auf das Pflaster des freien Hafenplatzes. Wenn die Ladung leichter wird, hebt sich mein Schiff ein wenig aus dem Wasser. Der Kreidestrich steigt dann höher hinauf. Wenn das geschieht, müsst ihr das ganze Korn wieder einladen, ihr gebt euch dann zufrieden."

Nikolaus nickte.

„Stimmt aber dein Wort", fuhr der Kapitän fort, „dann steigt das Schiff kein Stückchen, und der Kreidestrich wird genau in der Höhe des Wasserspiegels bleiben. Die Ladung wird, wie du gesagt hast, nicht leichter. In diesem Falle könnt ihr das Korn behalten, das ausgeladen wurde."

Die Matrosen lachten. Sie kannten ja das Ergebnis schon im Voraus. „Warum lachst du?", fragte Jonas mit der Taube den alten Matrosen, der neben ihm stand.

„Hat je ein Mensch erlebt, dass ein Schiff sich nicht aus dem Wasser hebt, wenn es ausgeladen wird?", antwortete der Matrose.

„Bischof Nikolaus lügt nicht, wart es nur ab", sagte Jonas mit der Taube. Da streichelte der alte Matrose mit seinen rauen Händen ganz zart das Kopfgefieder der Taube, bückte sich, griff eine Hand voll von den Körnern und steckte sie dem Jungen in die Tasche. „Da", sagte er, „damit du nicht ganz vergebens geglaubt hast."

Einige Männer aus Myra durften über die Planke gehen und das Schiff betreten. Sie luden das Korn in Säcke, hoben die Last auf ihre Schultern und schleppten sie an Land. Dort schütteten sie die goldenen Körner auf das glatte Steinpflaster. Allmählich wuchs der Körnerhaufen zu einem kleinen Hügel.

„Schluss jetzt!", rief der Kapitän. „Wir wollen sehen."

Alle Männer aus Myra mussten das Schiff verlassen. Der Kapitän beugte sich über die Bordwand und schaute nach dem Kreidestrich.

Er traute seinen Augen nicht und kletterte die Leiter hinunter. Der Kreidestrich und der Wasserspiegel standen immer noch auf gleicher Höhe. Ungläubig starrte er auf die schwarzen Planken. Doch es gab keinen Zweifel, das Schiff war nicht leichter geworden.

Vielleicht ist es noch nicht genug, dachte er und befahl: „Weiter! Nehmt mehr von dem Korn!"

„Siehst du?", sagte Jonas mit der Taube zu dem alten Matrosen. Dann hockte er sich auf die Planken des Schiffes nieder. Er hatte für sich selbst noch keinen Bissen von dem Korn genommen. Seine Taube aber pickte Korn um Korn aus seiner hohlen Hand.

Viele Säcke leerten die Männer aus. Der Berg von Korn wurde schließlich so hoch, dass kein Mensch darüber hinwegschauen konnte. Der Kapitän aber wandte kein Auge von dem Kreidestrich. Doch dieser stieg nicht einen Fingerbreit aus dem Wasser. Das Schiff wurde nicht leichter.

Auch die Matrosen sahen es jetzt: Im Schiffsbauch wurde das Korn nicht weniger, so viel die Männer auch aus dem Laderaum herausschleppten. „Genug, ihr Männer!", sagte schließlich der Bischof. „Das Korn reicht aus. Wir haben genug zu essen bis zur nächsten Ernte. Und für die neue Saat wird das Korn auch reichen. Die Hungersnot hat ein Ende."

Da fielen alle, die dabei gewesen waren, auf die Knie nieder. Sie lobten und dankten Gott. Die einen dachten dabei an das Wunder, das sie mit eigenen Augen gesehen hatten, und die anderen dachten an die Hungersnot, aus der sie so wunderbar errettet worden waren.

Die Matrosen aber legten ihre Lanzen nieder und verließen die Schiffe. Die Menschen von Myra reichten ihnen die Hände. Sie waren glücklich und jubelten Bischof Nikolaus zu. Der bestimmte Männer, die von dem Korn an die Leute austeilten. Jonas mit der Taube ritt hoch auf den Schultern des alten Matrosen vom Schiff hinab auf den Platz am Hafen. „Er hat es von Anfang an geglaubt", rief der alte Matrose laut über den Platz.

Später segelten die drei Schiffe wieder davon, der fernen Stadt Konstantinopel zu. Die Taube aber regte ihre Flügel, hob sich hoch in die Luft und begleitete die Schiffe ein Stück auf das Meer hinaus. Dann erst kehrte sie zu dem Jungen zurück.

Wer diese Legende kennt, der weiß, warum die Armen und Hungernden den heiligen Nikolaus besonders verehren. Auch heute noch singen die Kinder:

„Nikolaus, komm in unser Haus,
pack die große Tasche aus."

Willi Fährmann

Sankt Nikolaus

Den heil'gen Bischof Nikolaus,
den woll'n wir ehren heut,
dass er uns Gnade bring ins Haus,
Glück, Segen, Fried und Freud.

Reich war der Herr Sankt Nikolaus,
doch niemals hart sein Sinn.
Einst trat er vor ein kleines Haus,
drei Arme wohnten drin.

Drei Äpfel warf durchs Fenster er
für dieser Armen Not.
Sie waren Gold und wogen schwer
und brachten ihnen Brot.

O heiliger Sankt Nikolaus,
wir bitten dich gar schön:
Komm uns zu Hilf' ohn' Unterlass,
dort, wo wir geh'n und steh'n!

Volkslied

Der wunderbare Teppich

Es ist noch nicht sehr lange her, da besaßen Herr und Frau Mühlen einen kleinen Laden. Viele Sachen gab es da zu kaufen: Milch und Mehl, Schokolade und Schmalz, Sauerkraut und Salz, Erbsen und Möhren, Butter und Bohnen, Käse und Klopapier, Kaffee und Quark und noch zweihundertzweiundzwanzig Sachen mehr.

Frau und Herr Mühlen waren alt geworden. Da wurde eines Tages in der Nähe ein Supermarkt gebaut. Zu den Mühlens in den Laden kamen ein paar Kunden weniger. Die kauften jetzt im Supermarkt ein. Dann entstand ein weiterer Supermarkt. Jetzt kamen viel weniger Leute in den Laden. Und dann eröffnete ein dritter Supermarkt. Zu den Mühlens kamen nur noch ganz wenige, ganz treue Kunden. Erst kauften sie wenig, dann weniger, später fast nichts mehr. Zum Schluss hatten die Mühlens kaum noch etwas zu verkaufen.

Der Laden wurde für immer geschlossen. Die Mühlens waren arm geworden. Sie lebten in einer kleinen Wohnung unter dem Dach. Eine Küche und ein Schlafzimmer, das war die ganze Wohnung.

Eines Nachmittags saßen sie in der Küche am Tisch. Herr Mühlen sagte zu seiner Frau: „Bald ist Nikolaustag."

„Das stimmt", antwortete die Frau.

„Weißt du noch", sagte er, „früher haben wir am Nikolausabend immer ein Fest gefeiert."

„Ja", antwortete Frau Mühlen. „Unsere Kinder und Enkelkinder Ludwig und Mathilda haben wir dann eingeladen."

Herr Mühlen sagte: „Das war immer ein schönes Fest. Für Ludwig und Mathilda hatten wir kleine Geschenke. Es gab etwas Leckeres zu knabbern, eine dicke Nikolauskerze haben wir angezündet und die alten Geschichten erzählt. Das war immer ein schönes Fest."

Frau Mühlen sagte: „In diesem Jahr können wir niemanden einladen."

„Nein", sagte Herr Mühlen. „Wir haben kein Geld für Geschenke, kein Geld für die Nikolauskerze, kein Geld für Äpfel und Nüsse."

„Wir werden am Nikolausabend einsam und allein sein", sagte Frau Mühlen. Sie wurden sehr traurig.

Aber Herr Mühlen hatte einen Einfall. „Wir müssen etwas verkaufen", schlug er vor.

Frau Mühlen schüttelte ratlos den Kopf. „Was willst du denn verkaufen?", fragte sie. „Wir besitzen doch fast nichts mehr."

„Doch", sagte er und zeigte zum Boden hin. „Wir könnten den Teppich verkaufen."

Sie lachte und sagte: „Für den Teppich wird dir niemand etwas geben. Der ist doch schon über vierzig Jahre alt."

„Vielleicht doch", sagte Herr Mühlen.

„Wenn du meinst, dann versuch's", sagte sie.

Herr Mühlen rollte den Teppich zusammen. „Ich gehe damit zum Trödelmarkt", rief er und stieg die Treppe hinunter. „Zum Trödelmarkt kommen viele Leute. Vielleicht gefällt einem unser alter Teppich."

„Ich glaub's nicht", sagte Frau Mühlen. „Aber Versuch macht klug. Und komm bald wieder nach Hause!"

„Ja, ja", versprach er. „Ganz bestimmt."

Auf dem Trödelmarkt waren viele Stände aufgebaut worden. Herr Mühlen fand einen freien Platz und rollte den Teppich aus. Es war kalt, und er schlug die Arme um seinen Körper. Viele Menschen liefen über den Trödelmarkt. Bei Herrn Mühlen aber blieb keiner stehen.

„Meine Frau hatte recht", flüsterte er. „Wer will schon einen alten Teppich kaufen?"

Es begann zu dunkeln. Da kam ein sehr alter Mann herbei. Er war noch älter als Herr Mühlen. Seine Haare waren schneeweiß, und er trug einen ziemlich langen weißen Bart. Er schaute sich den Teppich an.

„Wollen Sie den Teppich verkaufen?", fragte er.

„Ja", antwortete Herr Mühlen. „Aber keiner will diesen Teppich haben."

Der sehr alte Mann beugte sich nieder. Er prüfte den Teppich und befühlte ihn zwischen Daumen und Zeigefinger.

„Was würden Sie sagen", fragte er schließlich, „wenn Ihnen jemand für diesen Teppich dreitausend Euro anbieten würde?"

Herr Mühlen schaute den sehr alten Mann verblüfft an. Dann rief er: „Wollen Sie einen Spaß mit mir machen?"

„Nein", antwortete der sehr alte Mann.

„Nur ein Verrückter zahlt für diesen lumpigen Teppich so viel Geld. Wirklich, das müsste ein Verrückter sein." Herr Mühlen musste lachen.

Der sehr alte Mann zog aber viele Geldscheine aus seiner Tasche.

„Dies ist ein sehr alter Teppich aus dem fernen Persien", sagte der sehr alte Mann. „Es ist ein kostbares Stück. Ich kenne mich mit Teppichen aus und betrüge niemanden!"

Herr Mühlen nahm das Geld, und der sehr alte Mann rollte den Teppich ein, lud ihn sich auf die Schulter und ging davon.

Herr Mühlen kaufte in den Geschäften rund um den Trödelmarkt alles ein, was für das Nikolausfest nötig war: Äpfel und Apfelsinen, Nüsse und Plätzchen, zwei Nikoläuse aus Schokolade, einen für den kleinen Ludwig und einen für Mathilda, und auch eine dicke Nikolauskerze aus echtem Bienenwachs besorgte er. Dann machte er sich auf den Heimweg.

Frau Mühlen wartete schon ungeduldig auf ihren Mann. Wo mochte er so lange bleiben?

„Hoffentlich ist ihm nichts passiert", sagte sie zu sich. „Was denkt sich mein Mann nur? Er schickt mir einen sehr alten Mann ins Haus. Und was macht er? Der schleppt unseren Teppich herauf und rollt ihn aus. Kein Wort, kein einziges Wort hat er gesprochen." Sie bückte sich und streichelte den Teppich. „Warum hat mein Mann den Teppich nicht selbst zurückgetragen?"

Es polterte auf der Treppe. Herr Mühlen kam nach Hause. Fröhlich war er und bepackt mit Tüten, Päckchen und Tragetaschen.

„Stell dir vor", rief er. „Ich habe den Teppich …" Plötzlich blieb ihm das Wort im Halse stecken. Er sah den Teppich vor sich auf dem Boden liegen. Er staunte und fragte: „Was ist das denn? Den Teppich habe ich doch für viel Geld verkauft." Da erzählte die Frau ihm, was sich zugetragen hatte.

Herr Mühlen zeigte ihr die Geldscheine. „Da", sagte er, „das und noch mehr hat mir der sehr alte Mann für den Teppich gegeben."

„Vielleicht will er den Kauf rückgängig machen?", sagte die Frau. „Vielleicht will er sein Geld wiederhaben?"

„Das wäre schlimm", rief Herr Mühlen erschrocken. „Ich habe schon etwas davon ausgegeben. Hier, das alles habe ich für unser Nikolausfest gekauft."

Er packte all die leckeren Sachen aus, die Äpfel und Apfelsinen, die Nüsse und Plätzchen und auch die beiden Nikoläuse aus Schokolade. „Eine dicke Nikolauskerze habe ich auch mitgebracht."

„Was machen wir denn jetzt nur?", jammerte Frau Mühlen.

„Wir werden drei Tage lang warten, ob der sehr alte Mann zurückkommt", sagte Herr Mühlen.

Es war kalt geworden, und in der Nacht hatte es geschneit.

Herr Mühlen setzte sich die dicke Wollmütze auf, band sich den langen Schal um und stellte sich an das geöffnete Fenster. Er hielt Ausschau nach dem sehr alten Mann. Aber der ließ sich am ersten Tag nicht sehen, auch nicht am zweiten und nicht am dritten Tag.

Die Mühlens fassten Mut. Sie schrieben einen Brief an ihre Kinder und Enkel und luden alle für den Nikolausabend ein. Der Tisch war festlich geschmückt, und die dicke Nikolauskerze brannte, als die Gäste kamen. Ludwig wolle sofort den Schokoladennikolaus anknabbern.

Mathilda sagte: „Ich esse meinen Nikolaus erst später. Wenn er angebissen ist, sieht er gar nicht mehr so schön aus.“

„Aber er schmeckt so gut!“, rief Ludwig.

Sie saßen fröhlich beisammen.

„Erzähle uns eine Geschichte, Oma!“, bat Mathilda.

Frau Mühlen brauchte nicht lange zu überlegen. Sie erzählte, was mit dem Teppich geschehen war.

Der kleine Ludwig fragte: „Hatte der sehr alte Mann wirklich schneeweiße Haare, Oma?“

„Ja, die hatte er“, bestätigte Frau Mühlen.

„Und auch einen langen weißen Bart?“

„Frag den Opa, Ludwig! Opa hat den sehr alten Mann viel länger gesehen.“

„Opa, stimmt das mit dem Bart?“

„Ja, Ludwig, alles war genauso, wie Oma es erzählt hat.“

Da rief der kleine Ludwig laut: „Den Mann kenne ich.“

„Den kennst du?“, fragte Frau Mühlen.

„Kennst du den wirklich?", fragte auch Mathilda.

„Ja", sagte der kleine Ludwig. „Das war der Nikolaus selbst."

Erst lachten alle; aber dann wurden sie still und spürten in ihrem Herzen, dass wohl ein Körnchen Wahrheit darin verborgen war.

Willi Fährmann

Ein Tännlein
aus dem Walde

Ein Tännlein aus dem Walde,
und sei es noch so klein,
mit seinen grünen Zweigen
soll unsere Freude sein!

Wir wollen es schön schmücken
mit Stern und Flittergold,
mit Äpfeln und mit Nüssen
und Lichtlein wunderhold.

Es stand im Schnee und Eise
in klarer Winterluft;
nun bringt's in unsre Stuben
den frischen Waldesduft.

Und sinkt die Weihnacht nieder,
dann gibt es lichten Schein,
das leuchtet Alt' und Jungen
ins Herz hinein.

Albert Sergel

Die Herberge

Rechts vom Pult, zwei und zwei hintereinander, saßen die Buben, links die Mädchen der ersten Klasse. Ich saß in der letzten Bank, neben Edwin, den ich beneidete, weil er eine Federbüchse aus Amerika hatte. Der Ofen glühte. Die Schritte und Räder vor den Fenstern dämpfte frischgefallener Schnee. Es war vor Weihnachten. Lehrer Kuhn erzählte die Geschichte der Herbergssuche in Bethlehem. In der Bibel stand nur ein Satz darüber, aber was machte der Lehrer daraus?

Er setzte sich, nahm die Pfeife aus den Zähnen und begann: Ja, damals kamen Maria und Josef auch durch unser Dorf. Es war schon dunkel, als sie die Straße von Eichtersheim herzogen. Maria saß auf einem Esel, Josef ging voraus und suchte mit Stock und Laterne den Weg. Maria sagte: „Ich habe Hunger und bin sehr müde." Josef sagte: „In der ersten Gastwirtschaft werden wir übernachten."

Vor dem Gasthaus „Zum Adler" band Josef den Esel ans Treppengeländer, klopfte die Stiefel an der untersten Stufe ab und ging hinein. Babette – ihr kennt sie alle – stand hinter der Theke und schwenkte die Gläser. Josef fragte: „Haben Sie ein Zimmer für zwei Personen? Nicht zu teuer?"

Babette war an diesem Tag mit dem linken Fuß aufgestanden. Sie sagte kurz: „Wir haben eins, aber das ist schon belegt. Leider."

Josef nahm den Esel am Halfter und zog ein paar Häuser weiter vor das Gasthaus „Zum Lamm". Erschrocken blieb er unter der Tür stehen, denn an den Tischen saßen vornehme Herren mit weißen Kragen und Manschetten. Das waren die Geometer, die das neue Bachbett vermessen sollten. Der Lammwirt sah Josef unter der Tür stehen und ging rasch zu ihm hin, weil er nicht wünschte, daß die Herren gestört würden.

„Nein, nein, mein Lieber, es geht nicht. Bei mir nicht. Aber frag doch in der „Sonne" nach, die haben ein Extrazimmer für Handwerksburschen. Vielleicht kannst du da –." Das mit dem Extrazimmer sagte er so laut, daß es die Geometer hören mussten.

Der Sonnenwirt und die Sonnenwirtin waren recht freundlich zu Josef. Sie sagten beide fast gleichzeitig: „Aber, beim besten Willen, es geht nicht. Das Handwerksburschenzimmer ist schon voll. Dann ist unser Ältester in den Ferien da, er studiert in Freiburg Theologie, sonst hätten wir recht gerne sein Zimmer zur Verfügung gestellt." „Danke", sagte Josef. „Gute Nacht, gute Reise", sagten der Sonnenwirt und die Sonnenwirtin.

Auch im nächsten Gasthaus, in der „Reichspost", hatten Maria und Josef kein Glück. Die Lichter waren schon gelöscht, und als Josef mit dem Knotenstock gegen das Tor schlug, fuhr der Kopf des Wirtes oben aus dem Fenster.

„Was ist los? Ist das eine Manier?" „Haben Sie ein Zimmer für meine Frau und mich? Meine Frau ist krank", rief Josef hinauf. „Schert euch fort!", schrie der Wirt. „Ich vermiete meine Zimmer nicht an Vagabunden." Klirrend schlug das Fenster zu.

Josef war traurig. Maria nahm den Schal über den Kopf und sagte: „Vielleicht gibt es noch ein Gasthaus im Dorf." Lehrer Kuhn sah zu mir. Alle Buben und Mädchen drehten die Gesichter zu mir. Sie wussten nämlich, das letzte Gasthaus, bevor das Dorf zu Ende ging, war der Gasthof meiner Eltern, der „Badische Hof".

Mir schoss das Blut in die Stirn, und ich wusste nicht, wohin ich blicken sollte. „Na, Hansel", fragte der Lehrer Kuhn, „was hättest du gemacht, wenn Josef bei euch um eine Herberge gebeten hätte?" Ich stand auf und stotterte hervor: „Oh, Herr Lehrer ... ich, ich, ich hätte sie bestimmt aufgenommen."

Die Wirkung der Erzählung war tief. In allen Gasthäusern, die Maria und Josef abgewiesen hatten, wurden in den kommenden Tagen die Fensterscheiben eingeworfen, dem Lammwirt aber, auf dem Weg zur Kirche, ein Knallfrosch am Rockschoß angezündet.

Seit der Erzählung waren zwei, drei Jahre vergangen. Es war Heiligabend. Meine älteren Geschwister und ich warteten in der Gaststube auf die Bescherung. Am Stammtisch saßen einige Männer, tranken Bier, Wein, Schnaps und sprachen über die uninteressantesten Dinge von der Welt. Jede neue Bestellung war eine Verzögerung unserer Weihnachtsfreude. Und schließlich sagte mein Vater: „Schluss! Feierabend! Geht nach Hause! Wir wollen wenigstens einen Abend im Jahr allein sein."

Sie zahlten nacheinander und gingen, viel zu langsam. Mein Vater wollte hinter dem letzten Gast den Riegel vorschieben, als auf der Straße ein Auto hielt und gleich darauf Schritte die Staffel hochkamen. Ein Herr und eine Dame standen im Windfang und fragten: „Haben Sie Fremdenzimmer?"

„Ja", sagte mein Vater, „aber es ist Heiligabend."

„Nehmen Sie uns trotzdem auf", sagte die Frau. „Eigentlich wollten wir bis zur Stadt fahren, doch ich fühle mich nicht wohl."

Mein Vater sagte: „Schön, es wird sich machen lassen."

Ich war verzweifelt. Ich wusste, was Gäste bedeuteten, eine neue, unendliche Verzögerung unserer Weihnachtsfreude, Essen musste gekocht, die Betten überzogen, die Krüge mit Wasser gefüllt, die Bettflaschen gewärmt werden. Und mein Vater sagte einfach „Ja", nahm keine Rücksicht auf den Heiligen Abend, auf mich. Ich lief in den zweiten Stock, schloss mich in mein Zimmer ein, warf mich auf das Bett und heulte in das Kissen, laut und herzzerreißend, wie nur ein Junge in seinem Trotz weinen kann.

Als kurz nachher meine Mutter an die Tür klopfte und bat, ich sollte zur Bescherung kommen, gab ich keine Antwort. Dann hörte ich die Schritte meines Vaters die Treppe heraufkommen. Noch ehe er die Türklinke fassen konnte, hatte ich drinnen den Schlüssel umgedreht. Vor meinem

Vater fürchtete ich mich. Er aber war ganz ruhig. Er legte mir die Hand auf den Kopf, der noch vom Schluchzen gestoßen wurde, und sagte: „Kennst du die Geschichte von Bethlehem, als Maria und Josef Herberge suchten und niemand sie aufnahm?" Natürlich kannte ich sie, und wie schämte ich mich, jetzt daran erinnert zu werden.

Als ich in die Gaststube kam, saß mein Bruder Hugo am Klavier und spielte das erste Weihnachtslied. Wir sangen dazu. Der Baum war angezündet. Auch die beiden Fremden standen davor. Es wurde noch ein schöner Weihnachtsabend. Ich bekam einen Anker-Steinbaukasten, einen Farbkasten und den Robinson Crusoe. Wertvoller aber als alle Geschenke war die frühe Erkenntnis, wie schwer es ist, das Gute, von dem man gehört hat, auch zu tun.

Hans Bender

„... *und sie kamen nach Bethlehem*"

An den Spuren im Schnee ließ sich der Weg verfolgen, den das Paar zurückgelegt hatte. In sich gekehrt stapften sie in der Mitte des Pfades, dicht nebeneinander und langsam wie alle Ermatteten; immer wieder gingen sie auf ein Haus zu, immer von gleicher Art: eine mit einem Schild gekennzeichnete Herberge. Dort waren ihre Fußspuren tiefer in den Schnee gedrückt. Das Paar hatte die Antwort auf sein Klopfen abgewartet. Dann waren sie wieder bis zur Mitte des Pfades zurückgekehrt und auf der Hauptstraße des kleinen Dorfes, das Bethlehem hieß, weitergegangen.

Ibrahim öffnete die Türe und schaute sich die Gesichter an, die aus dem Halbdunkel auftauchten. Es bedurfte nicht einmal der Erfahrung des Gastwirtes, um am Ausdruck der Reisenden zu erkennen, dass sie ein Zimmer suchten; der Ausdruck verriet, dass sie auf das Schlimmste gefasst waren, und nicht einmal die Aussicht, das Gesuchte zu finden, konnte sie aufheitern. Der Mann sprach bedächtig und bekümmert.

„Friede sei mit dir. Wir kommen von Nazareth, um das Gesetz des Kaisers zu erfüllen und uns einschreiben zu lassen. Wir möchten, wenn es sein kann, Unterkunft für diese Nacht."

Ibrahim schaute die Frau an, die nicht nur aus Demut so niedergebeugt stand. Es schien, als ob sie weniger den Gatten als sich selbst hörte. Oder dass sie vielmehr hörte, was sie in sich trug. Ibrahim bemerkte die volle Rundung ihres Leibes unter den ländlichen Kleidern ... im gleichen Augenblick erklärte es ihm der Mann:

„... Maria, mein Weib, erwartet ein Kind. Sie ist müde von der langen Reise. Wäre es nicht möglich, in einem Winkel ..."

Schon lange bevor der Fremde zu Ende war, hatte Ibrahim angefangen, den Kopf zu schütteln. Er hatte es in den letzten Stunden so oft getan, dass die Bewegung schon automatisch war. Auch die Worte, die sie begleiteten, wirkten abgedroschen. Es tat ihm leid ... es war alles voll ... Sogar er und seine Frau mussten in den hintersten Winkel des Hauses weichen, um den Gästen Platz zu machen ... alle kamen zur gleichen Zeit und unangemeldet ... er verstand wohl ... aber es war unmöglich ... Während er sprach, schaute er unverwandt die Frau an, die kurz aufsah, als ob sie aus einer andern Welt zurückkehre. Ibrahim war auf einen schroffen Blick gefasst, auf eine zornige Anklage ... Er wusste aus Erfahrung, wie Frauen sein können, wenn sie nicht bekommen, was sie erwarten. Er hörte schon den bitterbösen Satz, die Anspielung auf das viele Geld, das er in diesen Tagen verdiente, auf seine Hartherzigkeit den Armen gegenüber ... aber Maria – sie hatte blaue Augen – lächelte.

„Vielen Dank gleichwohl. Friede sei mit dir." Sie stützte sich auf den Arm des Gatten, der immer noch versuchte, seine Sache zu verfechten, und der Berührung auswich; erst schaute er sie, dann Ibrahim an.

„Friede sei mit dir."

Langsam gingen sie zum Weg zurück. Ibrahim war sich seiner Pflicht als Gastwirt bewusst. Sofort die Tür zumachen, nicht die geringste Aussicht auf Meinungsänderung offenlassen. Aber er konnte nicht. Die Tür ging unsäglich langsam zu, und durch die Türspalte schaute er ihnen nach, wie sie sich straßaufwärts entfernten. Dann schob er den Riegel vor. Seltsame Gedanken überkamen ihn …, natürlich, vielleicht in einem Winkel …, wenn man den Verschlag räumte, wo die Hunde waren, und ihn ein wenig herrichtete …

Von drinnen rief eine Stimme nach ihm. Seine Frau brauchte seine Hilfe, um die Gäste zu bedienen. Ibrahim schüttelte den Kopf, und die Gewissensbisse fielen von ihm ab wie die Regentropfen von einem Baum, wenn der Wind hineinfährt. Er ging wieder an seine Arbeit.

Es waren kaum fünf Minuten vergangen, als es schon wieder an die Tür klopfte. Aber es war nicht das schüchterne Klopfen von vorhin. Es war das eines Reichen, der es sich leisten kann, Lärm zu machen: So klopfte Isaak. Er hatte an derselben Straße eine Herberge, einige Häuser weiter unten, und er vertrug sich gut mit seinem Geschäftsrivalen. Er klopfte zweimal laut an die Tür und rief: „Ibrahim!"

Die Tür ging geräuschlos auf, und Isaak erschrak ein wenig, denn er hatte keine Schritte gehört. Er trat zurück und sah argwöhnisch die Gestalt ihm gegenüber an. Der Mann schien größer zu sein als Ibrahim, aber es war unverkennbar sein Gesicht. Und auch seine Stimme, die herausfordernd fragte: „Was ist los?"

Isaak erklärte hastig. Vor wenigen Augenblicken hatte er Reisende abweisen müssen ... einen Mann ... und eine Frau ... Waren sie hier gewesen? Verwechseln konnte man sie nicht ..., sie war in Erwartung ... Waren sie hier gewesen? Und Ibrahim hatte sie auch nicht unterbringen können, war es nicht so? Natürlich, so hatte er es sich vorgestellt ..., nun war soeben in seinem Haus unverhofft ein Zimmer frei geworden ... Die Gäste, für die es vorgesehen war, kämen erst morgen Abend ... wie ihm ein Bote gemeldet hatte ... und Isaak hatte nun dieses Zimmer frei, das schönste des Hauses ... Er fand das eine wunderbare Fügung, denn das Paar hatte ihm leid getan; Ibrahim auch, nicht wahr? Es schienen so gute Leute zu sein ... Jetzt wollte er sie bitten, in sein Haus zu kommen. Es war ein schön ausgestattetes Zimmer mit Teppichen und Räucherpfanne ... und einem Kaminfeuer, sie hätten es bequem. Und überdies hatte seine Frau viele Kinder in der Nachbarschaft auf die Welt bringen helfen, sie war eine sehr gute Hebamme ..., von überallher wurde sie in solchen Fällen gerufen ..., und falls das Kind sich zu früh melden sollte (man weiß ja nie bei Hochschwangeren), war es gut, sie im Hause zu haben ..., aber sie vertrödelten nur die Zeit. Er wollte ja das Paar einholen. Konnte ihm Ibrahim sagen, in welcher Richtung sie weggegangen waren? Da sie ja langsam gingen, konnten sie noch nicht weit sein … Wohin waren sie gegangen?

Er trat auf den Weg zurück und wartete auf die Angabe. Ibrahim stellte sich neben ihn, und Isaak hatte das seltsame Gefühl, dass Ibrahim die paar Schritte bis zu ihm nicht gegangen, sondern „geflogen" war. Nun streckte er neben ihm den Arm aus, einen seltsam langen Arm, der die Straße hinunterzeigte.

„Dorthin."

Isaak bedankte sich und begann zu laufen. Seine Schritte, die Schritte eines starken und eiligen Mannes, ließen tiefe Spuren zurück und verwischten die alten. Er verschwand im Dunkel.

Ibrahim ging zum Haus zurück. Bevor er eintrat, schaute er die Straße hinauf, wo weit weg zwei Schatten sich auf eine Herberge zubewegten, die letzte an der Straße und die letzte des Dorfes. Er schaute die Straße hinunter. Isaak sah er schon nicht mehr, aber seinen eilenden Schritt hörte er noch. Er seufzte erleichtert auf.

„Beinahe hätte er alles verdorben."

Er machte eine schroffe Bewegung, und aus seinen Schultern wuchsen zwei große Flügel. Ein Betrunkener, der kurz darauf des Weges kam, rätselte, wie wohl die beiden vereinzelten menschlichen Fußstapfen in den Schnee gekommen waren.

Fernando Diaz-Plaja

Paco baut eine Krippe

Nachdem die Gonzales in die Stadt gegangen waren, stand die Hütte leer. Es war keine feste Hütte, nein, es war eher eine wacklige Bude. Wenn der Wind hart von den Bergen herblies, dann klapperten die losen Bretter an den Wänden und das Wellblechdach drohte wegzufliegen. Aber es war immerhin eine Hütte.

Paco wohnte bei seinen Eltern, nur einen Steinwurf weit von Gonzales' Hütte entfernt. Er war zehn Jahre alt und ziemlich groß für sein Alter. Bei der Maisernte hatte Don Alfredo ihm die Hälfte eines Männerlohns gezahlt. Zu wenig, fand Paco, denn er hatte gearbeitet wie ein ganzer Mann. Aber was Paco dachte, das scherte Don Alfredo wenig. Paco hatte jeden Abend den Tageslohn seiner Mutter gegeben. Fast den ganzen Lohn.

Der Mutter zerfloss das Geld zwischen den Fingern. „Es ist immer zu wenig", seufzte sie, wenn sie aus Don Alfredos Laden kam und ein paar Kleinigkeiten eingekauft hatte.

„Und immer wieder landet das Geld bei Don Alfredo", sagte Paco. „Er gibt es und er nimmt es wieder."

Manchmal dachte Paco auch daran, es genauso zu machen wie die Gonzales und wegzulaufen von der Hazienda und in die Stadt zu gehen. Aber er hatte vom Leben der Gonzales in der Stadt nicht viel Gutes gehört. Seine Freunde Pedro und Alberto waren froh, wenn sie den Touristen für ein paar kleine Münzen die Schuhe putzen konnten, und Papa Gonzales hatte immer noch keine Arbeit gefunden.

Und dann war da ja auch noch Juanita, seine alte Eselin. Paco hatte sie von seinem Großvater geerbt, als der im Jahr zuvor gestorben war. Die Eselin und Großvaters wunderbarer Strohhut mit der breiten Krempe, das war Pacos Erbteil. Viel mehr hatte der Großvater auch nicht zu vererben gehabt. Im Gegenteil, in Don Alfredos Laden hatte er sogar Schulden gemacht. Aber Don Alfredo konnte manchmal auch großzügig sein. Er hatte die Schulden einfach durchgestrichen. Die Eselin sah Don Alfredo sich allerdings genau an. Aber wie gesagt, Juanita war alt und ihr Fell war wie von Motten zerfressen. Da sagte Don Alfredo zu Paco: „Wenn du das Tier haben willst, dann nimm es von mir aus."

Paco hatte Juanita herausgefüttert und keiner sagte mehr: „Auf ihren Rippen kann man Gitarre spielen." Paco brachte die Eselin in Gonzales' Hütte unter und Don Alfredo verbot es nicht.

Ja, manchmal war Don Alfredo wirklich großzügig. Aber am besten war es, dass er Paco erlaubte, zu Doña Klara zu gehen. Doña Klara war die alte Tante von Don Alfredo. Sie hatte sich in den Kopf gesetzt, den Kindern aus den Arbeiterhütten das Schreiben und das Lesen beizubringen. Paco aber sollte für Don Alfredo tagsüber in den Feldern arbeiten. Doch Doña Klara stritt mit Don Alfredo darüber. „Paco ist mein fleißigster Schüler", sagte sie. „Er ist zwar schon zehn, aber ich wünsche, dass er bei mir in der Schule bleiben darf. Er ist ein heller Kopf."

„Helle Köpfe sind gefährlich, Tante", antwortete Don Alfredo. „Erst lernen sie lesen und schreiben, dann wollen sie mehr Lohn und schließlich auch noch ein Stück Land."

Aber schließlich setzte Doña Klara ihren Willen durch. Was Paco in der Schule am besten gefiel, das waren Doña Klaras Geschichten. Wenn sie erzählte, dann wurden ihre Augen groß und rund. Die Kinder waren dann mäuschenstill.

Eine ihrer Geschichten war es auch, die jene wunderbare Nacht möglich machte, jene Nacht, von der viele auf der Hazienda noch Jahre später erzählten.

Doña Klara berichtete von der Geburt Jesu und es hielt sie nicht hinter ihrem Pult. Sie ging gebeugt vor den Kindern hin und her und war der heilige Josef. Dann plusterte sie sich auf und wies als Wirt mit barschen Worten und hartem Gesicht Maria und Josef aus dem Haus.

Besonders gern hatten es die Kinder, wenn sie der Engel war. Sie stand dann mit weit ausgebreiteten Armen da und verkündete die Frohe Botschaft. Ihr Gesicht strahlte wie Engelsglanz. Und wenn sie Ochs und Esel darstellte und brummte und laut Iah schrie, dann mussten die Kinder lachen. Die Freude sprang aber erst recht auf alle über, wenn sie, still und mit einem Male ganz jung geworden, das Jesuskind in ihrem Schoß wiegte.

Doña Klara konnte alles sein, Maria und Josef, der Engel, die Hirten, die Tiere und die Heiligen Drei Könige. Nur wenn Don Alfredo unversehens hereinschaute, dann war sie wieder die strenge Lehrerin Doña Klara.

Genau diese Geschichte von der Geburt Jesu war es, die in Pacos Kopf ein Nest baute. Es brütete in dem Jungen, bunte Vögel schlüpften aus und flogen ins Freie.

Paco schmückte eines Tages die Hütte von Gonzales mit immergrünem Efeu und schaffte, niemand weiß, woher, einen Futtertrog herbei. Juanita, die Eselin, wurde angeleint, weil sie immer an dem Grün knabberte. Aus einem Pappkarton schnitt Paco einen Stern aus und befestigte ihn über der Tür zur Hütte.

Dann wusch sich Paco so gründlich wie im ganzen Jahr noch nicht, rieb alle Flecken aus seinem Poncho und bürstete seinen schönen Hut.

„Paco geht auf Brautschau", neckte ihn seine Mama, aber darüber konnte er nur lachen.

Paco fasste sich ein Herz und ging zum Herrenhaus hinüber. Noch nie vorher war er in Don Alfredos Haus gewesen. Zaghaft klopfte er an die große Tür. Carlos, der alte Hausdiener, öffnete. Er zog die Augenbrauen hoch und schaute auf Paco herab.

„Ich muss Don Alfredo sprechen", sagte der Junge. Als Carlos stumm blieb, holte Paco einen halben Silberpeso hervor. Den hatte er vom Erntegeld zusammengespart. Er zeigte Carlos das Geldstück und ließ es dem Hausdiener in die Hand gleiten. „Es ist dringend, Carlos, sehr dringend", sagte Paco.

Carlos drehte sich um und der Junge lief hinter ihm her in die große, kühle Halle.

So etwas war Paco bisher nur aus Märchen bekannt. Der Boden war mit weichen Teppichen ausgelegt, Bilder schmückten die Wände und von der Decke hing ein Leuchter mit tausend und abertausend glitzernden Kristalltropfen.

Carlos gab dem Jungen ein Zeichen, dass er warten solle. Er verschwand hinter einer mächtigen dunklen Tür. Kurz darauf kam Don Alfredo in die Halle und fuhr Paco barsch an: „Das sind ja ganz neue Moden. Kommst ungerufen in unser Haus und nimmst nicht einmal den Hut vom Kopf."

Paco riss den Hut herunter und stotterte: „Ich möchte gern … ich wollte Sie fragen … ich brauche nämlich einen Ochsen, Don Alfredo, ganz dringend."

Don Alfredo lachte laut und rief: „Hört euch das an! Einen Ochsen will der Bursche. Als ob ich mir nichts, dir nichts einen Ochsen verschenke." Es öffneten sich zugleich zwei Türen und Doña Klara und Doña Esmeralda, die Frau von Don Alfredo, schauten, was es in der Halle Vergnügliches gab. „Einen Ochsen will er", rief Don Alfredo und prustete vor Lachen. „Warum nicht gleich eine Kuh dazu oder eine ganze Herde, wie?"

„Nur einen einzigen Ochsen, Don Alfredo, bitte. Aber ein kräftiges Tier soll es schon sein. Geschenkt will ich den

Ochsen ja nicht. Ich will ihn nur leihen, leihen für eine einzige Nacht."

Don Alfredos Lachen brach ab. „Leihen! Einen Ochsen? Für eine einzige Nacht?"

Da wurde Paco eifrig und es sprudelte nur so aus ihm heraus.

„Eine Krippe will ich bauen, so wie Doña Klara erzählt hat, und mein Esel soll dabei sein, wie Doña Klara erzählt hat, und Maria und Josef, wie Doña Klara erzählt hat, und auch ein Ochse, wie …"

„Doña Klara erzählt hat", sagte Don Alfredo und schaute seine Tante spöttisch an. Doch die zuckte nur die Schultern.

„Damit man sich's besser vorstellen kann, das mit der Geburt in Bethlehem." Paco hatte den letzten Satz ganz leise gesprochen.

Don Alfredo blickte finster auf den Jungen und der ging allmählich rückwärts auf das Eingangsportal zu. „Werden von Tag zu Tag dreister, diese Pacos", grollte Don Alfredo. Aber da sagte Doña Klara: „Kann es schaden, lieber Neffe, wenn du dem Jungen den Wunsch erfüllst? Du wirst nicht ärmer davon, aber er fühlt sich für eine Nacht reich wie ein König."

Don Alfredo zögerte noch, dann aber sagte er: „Na, meinetwegen. Weil ja bald Weihnachten ist."

Alles andere ging ganz leicht. Maria Simancas war nur wenig älter als Paco. Sie sollte die Gottesmutter sein, weil sie ja auch Maria hieß und so lange, schwarzlockige Haare hatte. Maria wollte ihren kleinen Bruder mitbringen. Das war ein dicker Säugling.

„Weil er so selten schreit", sagte sie.

Mit dem heiligen Josef war es etwas schwieriger. Paco musste Fernando überreden und ihm sogar eine Flasche Agavenschnaps versprechen, bevor er sich bereit fand, Marias Mann zu sein. „Die Hirten werden von selber kommen", hoffte Paco.

„Und der Engel?", fragte Mama ihn. Paco druckste eine Weile herum, aber dann sagte er: „Ich dachte, du, Mama." Da lachte sein Vater so laut, dass das Papier zerriss, das er über die zerbrochene Fensterscheibe geklebt hatte. „Ein kugelrunder Engel mit zwei Zentnern", brüllte er und geriet vor lauter Lachen ganz außer Atem.

„Ich habe kein weißes Kleid, Paco", sagte Mama traurig. „Engel müssen leuchten."

„Aber du hast eine wunderschöne Stimme, Mama. Du könntest dich hinter Gonzales' Haus stellen. Dann singst du, was du jedes Jahr an Weihnachten singst: ‚Halleluja, Frieden und Halleluja'."

Immer noch lachte der Vater. Das ärgerte die Mama und sie sagte: „Das mache ich, Paco."

Gegen Abend ließ Don Alfredo den Ochsen bringen. Ein junger Hirte führte ihn am Nasenring. Als die Sonne unterging, da kamen fast alle aus ihren Häusern und schwatzten und lachten und liefen zu Gonzales' Hütte. Die Tür und die Fenster standen weit offen. Maria hockte vor dem Trog und hatte den Säugling auf Maisstroh gebettet. Ochs und

Esel lagerten friedlich auf dem Boden und Fernando stand auf einen Stab gestützt hinter Maria. Paco zündete eine Stalllaterne an. Es war ein merkwürdiges Bild da in dem Lichtkreis. Alle wurden ganz still und schauten. Wer eigentlich damit angefangen hatte, wusste später niemand mehr zu sagen, aber auf einmal gab einer eine reife Melone, ein anderer legte drei große Maiskolben vor dem Trog nieder, eine Frau schenkte eine fast neue Windel und ein Krug Milch und ein frisches Brot wurden in die Hütte gereicht.

Gerade als Don Alfredo, Doña Esmeralda und Doña Klara aus dem Herrenhaus herüberkamen, da begann hinter der Hütte Mama das Halleluja mit lauter, klarer Stimme zu singen.

Es war kühl geworden und Don Alfredo und die Frauen hatten sich in lange, weite Mäntel gehüllt. Vor ihnen tat sich eine Gasse auf. Schnurstracks gingen sie unter dem Stern her in Gonzales' Hütte hinein.

„Puh!", sagte Doña Esmeralda, „hier riecht es nicht gut." Sie holte ein Parfümfläschchen aus ihrer Tasche. Doch es rutschte ihr aus der Hand und zersprang auf dem Boden. Ein wunderbarer Duft durchströmte die Hütte. Don Alfredo schaute sich nach Paco um, doch es war inzwischen dunkel geworden und er konnte ihn in dem matten Schein der Laterne nicht sehen. Da legte Don Alfredo ein Geldstück zu den Geschenken. Es glänzte wie Gold.

Doña Klara hatte Paco entdeckt. „Damit alles richtig wird", flüsterte sie ihm zu. „Ich habe ein Beutelchen Myrrhe mitgebracht." Und für einen Augenblick war sie einer der Heiligen Drei Könige. Und für kurze Zeit war ein großer Friede in Gonzales' Hütte. Don Alfredo und Mama, Doña Esmeralda, Doña Klara und Maria, ja, selbst der mürrische Fernando, sie alle waren nicht arm oder reich, nicht Herren oder Landarbeiter, nicht vornehme Damen oder arme Indiofrauen, in diesem Augenblick waren sie alle nur Menschen.

Dann erlosch die Stalllaterne. Als sie die Nachtkälte zu spüren begannen, liefen sie auseinander, die einen in ihre Hütten, die anderen in das Herrenhaus.

Doch von dieser Nacht an, in der sie einen kurzen Blick in eine andere Welt getan hatten, erzählen die Leute in jener Gegend bis auf den heutigen Tag immer wieder die Geschichte von Paco und seiner Krippe.

Willi Fährmann

Die Nacht im Dom

W er klopft am Weihnachtsabend an die Domtür?", fragte sich Don Valentino. „Haben die Leute noch nicht genug gebetet? Was für eine Sucht hat sie ergriffen?" Mit diesen Worten ging er öffnen, und mit einem Windstoß trat ein zerlumpter Mann herein.

„Wie viel von Gott ist hier", rief er lächelnd aus und sah sich um. „Wie viel Schönheit! Man spürt es sogar von draußen. Hochwürden, könnten Sie mir nicht ein wenig davon abgeben? Denken Sie, es ist der Heilige Abend."

„Das gehört Seiner Exzellenz, dem Erzbischof", antwortete der Priester. „Er braucht es in wenigen Stunden."

„Und auch nicht ein kleines bisschen könnten Sie mir geben, Hochwürden? Es ist so viel davon da. Seine Exzellenz würde es gar nicht einmal merken!"

„Nein, habe ich gesagt, du kannst gehen … der Dom ist für die Allgemeinheit geschlossen", und er geleitete den Armen mit einem Fünf-Lire-Schein hinaus.

Aber als der Unglückliche aus der Kirche hinausging, verschwand im gleichen Augenblick auch Gott. Bestürzt schaute sich Don Valentino um und forschte in den dunklen Gewölben: Selbst da oben war Gott nicht mehr. Und in ein paar Stunden sollte der Erzbischof kommen. In höchster Erregung öffnete Don Valentino eine der äußeren Pforten und blickte auf den Platz. Nichts. Auch draußen keine Spur von Gott, wiewohl es Weihnachten war. Aus den tausend erleuchteten Fenstern kam das Echo von Gelächter, zerbrochenen Gläsern, Musik und sogar von Flüchen. Keine Glocken, keine Lieder. Don Valentino ging in die Nacht hinaus, schritt durch die unheiligen Straßen. Er wusste die rechte Anschrift. Als er in das Haus trat, setzte sich die befreundete Familie gerade zu Tisch. Alle sahen einander wohlwollend an, und um sie herum war ein wenig von Gott.

„Frohe Weihnachten, Hochwürden", sagte der Vater. „Wollen Sie nicht unser Gast sein?"

„Ich habe Eile, ihr Freunde", antwortete er. „Durch eine Unachtsamkeit meinerseits hat Gott den Dom verlassen, und Seine Exzellenz kommt gleich zum Gebet. Könnt ihr mir nicht euren Herrgott geben? Ihr seid ja in Gesellschaft und braucht ihn nicht so unbedingt."

„Mein lieber Don Valentino", sagte der Vater. „Sie vergessen, dass heute Weihnachten ist. Gerade heute sollten meine Kinder ohne Gott auskommen? Ich wundere mich, Don Valentino."

Und in dem gleichen Augenblick, in dem der Mann so sprach, schlüpfte Gott aus dem Hause, das freundliche Lächeln erlosch, und der Truthahnbraten war wie Sand zwischen den Zähnen. Und wieder hinaus in die Nacht und durch die verlassenen Straßen. Don Valentino lief und lief und erblickte ihn schließlich von Neuem. Er war bis an die Tore der Stadt gekommen, und vor ihm breitete sich, licht im Schneegewande schimmernd, das weite Land. Über den Wiesen und den Zeilen der Maulbeerbäume schwebte Gott, als wartete er. Don Valentino sank in die Knie.

„Aber was machen Sie, Hochwürden?", fragte ihn ein Bauer. „Wollen Sie sich in dieser Kälte eine Krankheit holen?"

„Schau da unten, mein Sohn! Siehst du nicht?"

Der Bauer blickte ohne Erstaunen da hin.

„Das ist unser", sagte er. „Jede Weihnacht kommt er, um unsere Felder zu segnen."

„Höre", sagte der Priester, „könntest du mir nicht ein wenig davon geben? Wir sind in der Stadt ohne Gott geblieben, sogar die Kirchen sind leer. Gib mir ein wenig davon ab, damit wenigstens der Erzbischof ein anständiges Weihnachten feiern kann."

„Fällt mir nicht im Traume ein, Ihr lieben Hochwürden! Wer weiß, was für ekelhafte Sünde ihr in der Stadt begangen habt. Das ist eure Schuld. Seht allein zu."

„Gewiss, es ist gesündigt worden. Und wer sündigt nicht? Aber du kannst viele Seelen retten, mein Sohn, wenn du mir nur Ja sagst."

„Ich habe genug mit der Rettung meiner eigenen zu tun!", sagte der Bauer mit höhnischem Lachen, und im gleichen Augenblick hob sich Gott von seinen Feldern und verschwand im Dunkel.

Und Don Valentino ging weiter und suchte. Gott schien

seltener zu werden, und wer ein bisschen davon besaß, wollte nichts hergeben (aber im gleichen Augenblick, da er mit „Nein" antwortete, verschwand Gott und entfernte sich immer weiter).

Endlich stand Don Valentino am Rande einer grenzenlosen Heide, und in der Ferne am Horizont leuchtete Gott sanft wie eine längliche Wolke. Der Priester warf sich in den Schnee auf die Knie.

„Warte auf mich, o Herr", bat er, „durch meine Schuld ist der Erzbischof heute allein geblieben."

Seine Füße waren zu Eis erstarrt, er lief im Schnee weiter und sank bis ans Knie ein, und alle Augenblicke fiel er der Länge nach hin. Wie lange konnte er es noch aushalten?

Endlich vernahm er einen großen, leidenschaftlichen Chor voll Engelstimmen, ein Lichtstrahl brach durch den Nebel. Er öffnete ein hölzernes Türchen, es war eine riesige Kirche, und in ihrer Mitte betete ein Priester zwischen einigen Lichtern. Und die Kirche war voll des Paradieses.

„Bruder", seufzte Don Valentino, am Ende seiner Kräfte und mit Eisnadeln bedeckt, „habe Mitleid mit mir. Mein Erzbischof ist durch meine Schuld allein geblieben und braucht Gott. Gib mir ein bisschen von ihm, ich bitte dich."

Langsam wandte sich der Betende um. Und Don Valentino wurde, als er ihn erkannte, fast noch bleicher, als er ohnedies war.

„Ein gesegnetes Weihnachtsfest dir, Don Valentino", rief

der Erzbischof aus und kam ihm entgegen, ganz von Gott umgeben. „Aber Junge, wo bist du nur hingelaufen? Was hast du um Himmels willen in dieser bärenkalten Nacht draußen gesucht?"

Dino Buzzati

Markt und Straßen stehn verlassen

Markt und Straßen stehn verlassen,
Still erleuchtet jedes Haus,
Sinnend geh ich durch die Gassen,
Alles sieht so festlich aus.

An den Fenstern haben Frauen
Buntes Spielzeug fromm geschmückt,
Tausend Kindlein stehn und schauen,
Sind so wunderstill beglückt.

Und ich wandre aus den Mauern
Bis hinaus ins freie Feld,
Hehres Glänzen, heilges Schauern!
Wie so weit und still die Welt!

Sterne hoch die Kreise schlingen,
Aus des Schnees Einsamkeit
Steigts wie wunderbares Singen –
O du gnadenreiche Zeit!

Joseph von Eichendorff

Das Wunder von Bethlehem

Der Winter war ungewöhnlich früh gekommen. Es wehte ein eisiger Wind von den Bergen her. Die kleine Stadt Bethlehem war in anderen Jahren um diese Zeit ein verschlafenes Nest. Diesmal aber hatte ein Befehl des Kaisers Land und Leute aufgescheucht. Der Herrscher in Rom wollte wissen, wie viele Menschen in seinem Reich lebten. Jeder Mann sollte sich mit seiner ganzen Familie in seiner Vaterstadt melden und in eine Liste einschreiben lassen.

Es war ein Hin und Her auf allen Straßen im ganzen Land Israel.

Im Gasthaus „Zum Goldenen Lamm" in Bethlehem war jeder, aber auch jeder Platz besetzt. Selbst im Innenhof des Gebäudes lagerten Gäste mit ihren Eseln und Kamelen. Sie wollten nicht frieren und hatten kleine Feuer angezündet. Daran wärmten sie sich.

Die Wirtsleute hatten alle Hände voll zu tun. In der Küche wurde gekocht, gebrutzelt und gebraten. Die Kinder und die Diener brachten Speisen und Getränke zu den Gästen. Der Wirt sagte zu seiner Frau: „Das wird ein gutes Geschäft in diesen Tagen." Sie nickte ihm zu. Mit der Hand fasste sie an ihren Rücken und seufzte.

„Hast du wieder Schmerzen?", fragte der Wirt.

„Ja, arg", antwortete sie. „Aber ich halte schon durch."

Allmählich wurde es dunkel.

Da trat Ruben, der alte Diener, in die Küche.

Eigentlich sollte er an der Tür Wache halten und dafür sorgen, dass niemand ins Haus kam. Schwere Arbeiten konnte er nicht mehr machen. Ein Pferd hatte ihn vor Jahren getreten. Seitdem hatte er ein lahmes Bein. Ruben ging zu den Wirtsleuten und sagte: „Draußen vor der Tür stehen ein Mann und eine junge Frau. Sie fragen ..." Aber der Wirt ließ ihn nicht ausreden. Ärgerlich wies er Ruben zurecht: „Warum hast du ihnen nicht gesagt, dass jeder Winkel in unserem Haus mit Gästen vollgestopft ist? Keine Maus passt mehr hinein. Nichts ist mehr frei. Das weißt du doch."

„Ja, aber ...", sagte Ruben.

„Was aber?"

„Die Frau ist sehr jung und ...", Ruben zögerte, fuhr aber dann fort, „und sie wird wohl sehr bald ein Kind zur Welt bringen."

„Ein Kind in einer solchen Nacht", sagte die Wirtin. Sie wandte sich wieder den Pfannen und Töpfen zu. „Also, geh endlich wieder zur Tür, Ruben. An die Arbeit mit dir!", befahl der Wirt.

Der Alte aber verließ die Küche nicht, sondern schaute die Wirtin an und flüsterte: „Was soll ich denen da draußen sagen?"

„Schick sie endlich fort!", rief der Wirt ungehalten.

Die Wirtin aber sagte: „Komm, ich gehe mit dir und will mit ihnen sprechen. Vielleicht finden sie in einem anderen Gasthof in der Stadt eine Bleibe."

Die Frau und der Diener traten vor das Haus. Da standen die beiden jungen Leute. „Guten Abend", wünschte die Wirtin. „Wer seid ihr?"

„Ich bin der Zimmermann Josef aus Nazareth", sagte der Mann.

„Und das ist meine Frau Maria. Sie wird …" Er verstummte und zeigte auf ihren Leib. „Sie wird … Nun, ihr seht es ja selbst. Vielleicht kommt in dieser Nacht unser Kind zur Welt."

„Bestimmt wird es in dieser Nacht geboren", sagte Maria. Josef bat: „Gebt uns bitte ein Quartier! Eine kleine, bescheidene Kammer würde uns reichen."

Die Wirtin seufzte. „Unser Haus ist wirklich bis in die letzte Ecke hinein belegt. Mein Mann, meine Kinder und ich schlafen selbst schon in einem Verschlag bei den Tieren. Versucht es doch im Gasthaus ‚Zum König David'."

„Dort waren wir schon", antwortete Josef. „Und auch in der Herberge ‚In Abrahams Schoß' und in der ‚Mosesquelle'. Wir haben überall vergebens angeklopft. Der Wirt in ‚Noahs Arche' hat sogar gedroht, seine Hunde auf uns zu hetzen, wenn wir nicht schnell verschwinden. Nirgendwo gibt es einen Platz für uns."

Ratlos war die Wirtin. Was sollte sie auch sagen? Sicher, sie hatte Mitleid mit dem jungen Paar. Aber wie konnte sie helfen?

Da sagte Ruben zu ihr: „Was ist mit dem Stall?"

„Was für einen Stall meinst du?"

„Na, unser Stall draußen im Hirtenfeld. Er steht leer. Nur der alte Ochse steht manchmal in der Nacht darin. Im Stall haben die Leute wenigstens ein Dach über dem Kopf."

Sie nickte, sagte aber dann: „Wie sollen sie den Weg dorthin finden? Sie sind fremd hier. Der Stall liegt weit außerhalb der Stadt. Ich kann nicht mitgehen. Im Haus wird jede Hand gebraucht. Und du musst die Tür hüten."

Ruben zeigte auf den Esel, der vor dem Gasthaus an einem Eisenring angebunden war. „Unser Grautier kennt den Weg im Schlaf."

Der Esel schrie laut „Iiiaaah", als ob er Ruben verstanden hätte. Die Wirtin nickte. Ruben band den Esel los.

„Er wird euch sicher führen", sagte er.

Josef bedankte sich und lud dem Esel sein Bündel auf. Er fasste das Tier am Strick und winkte Ruben und der Wirtin noch einmal zu. Dann verschwand das Paar mit dem Tier in der Nacht.

Die Wirtin schaute ihnen nach und sagte zu Ruben: „Die armen, armen Leute. Ihr Kind soll geboren werden in einer solch kalten Nacht."

Sie ging zurück an ihre Töpfe.

Es war schon spät, als die letzten Gäste sich zum Schlafen in ihre Decken gerollt hatten. Da trat die Wirtin noch einmal zu Ruben vor das Haus. Eine tiefe Stille lag über allen Straßen. Die Stadt schien ihren Atem anzuhalten.

Da geschah etwas Sonderbares. Ein helles Licht leuchtete fern über den Dächern auf. Es war, als ob der Himmel im Schein von tausend und abertausend Kerzen erstrahlte. Der Glanz blendete die Wirtin. Sie musste ihre Augen zu schmalen Schlitzen schließen. Eine leise Melodie schallte bis in die Stadt herüber. Es klang wie ein Gloria von zarten Stimmen gesungen.

„Engelmusik", flüsterte die Wirtin ergriffen.

Ruben sagte: „Das ist wie ein Wunder. Dies ist eine heilige Nacht."

Die Wirtin ging ins Haus. Nach einer Weile kehrte sie zurück. In ihrer Hand trug sie ein Bündel. Sie wurde ein wenig verlegen, als sie zu Ruben sagte: „Ich habe Windeln für das Kind, Ruben."

Ohne weiter zu überlegen, schritt sie durch die Gassen von Bethlehem auf das Hirtenfeld zu. Sie ging so schnell, dass Ruben ihr mit seinem lahmen Bein kaum folgen konnte. Als sie das Stadttor erreichten, verblasste das Leuchten am Himmel mehr und mehr.

Schließlich sahen sie den Stall im Hirtenfeld. Es war sehr finster. Nur die Sterne funkelten kalt hernieder. Aber durch die Ritzen der Stalltür drang Licht nach draußen.

Ruben öffnete vorsichtig die Tür. Nirgendwo brannten Kerzen und keine Laterne war zu sehen.

Josef hatte ein kleines Feuer angezündet. Doch die Flammen waren niedergebrannt. Die Glut schimmerte rot. Der helle Schein, der den Stall erleuchtete, schien von der Krippe zu kommen. Maria hatte das Kind dorthin auf Stroh gebettet. In diesem Futtertrog lag es ganz ruhig. Die Wirtin reichte Maria das Bündel. Die junge Mutter dankte der Wirtin und wickelte das Kleine in die Windeln. „Sieh, das Kind lächelt", sagte Ruben.

„Dummer Mann", tuschelte ihm die Wirtin zu, „Kinder, die gerade geboren sind, müssen das Lächeln erst lernen."

Ruben aber beharrte darauf: „Was ich gesehen habe, habe ich gesehen. Das Kind hat gelächelt."

Wieder öffnete sich die Stalltür. Hirten und Hirtenfrauen drängten sich herein. Der Ochs senkte seinen Kopf und brummte, als ob er verhindern wollte, dass das Hirtenvolk dem Kleinen zu nahekam.

Die Hirten stellten Geschenke für das Kind und für Josef und Maria vor die Krippe. Das waren ein Krug Milch, ein weiches Lammfell, ein Stück Schafskäse und ein frisch gebackenes Brot.

Ein Hirt gab Josef einen Krug. Er sagte zu ihm: „Wir haben heute Bier gebraut. Trink es und wünsche dem Kind ein gesundes, langes Leben."

Die Hirten beugten ihre Knie vor dem Kind und gingen leise davon. Auch die Wirtin und Ruben verließen den Stall und schlossen ganz sacht die Tür hinter sich.

„Woher habt ihr es gewusst, dass hier ein Kind zur Welt gekommen ist?", fragte Ruben die Hirten.

Der älteste von ihnen antwortete. „Der Himmel hat gebrannt. Engel schwebten über dem Hirtenfeld. Wir hatten große Angst. Aber ein Engel sprach zu uns: ‚Fürchtet euch nicht!'"

„Und dann?", fragte Ruben.

Der alte Hirt zögerte ein wenig mit der Antwort. Aber dann berichtete er: „Der Engel hat verkündet, der Heiland der Welt ist heute geboren worden. Er sollte in der Futterkrippe liegen und in Windeln gewickelt sein."

„Und wir hatten erwartetet", sagte eine Hirtenfrau, „der Messias, der Heiland der Welt, würde als Königssohn geboren und in einem Palast zu Hause sein."

„Ist es nicht herrlich, dass er zuerst zu uns Armen gekommen ist?", fragte eine andere.

„Vielleicht hätten wir ihn ja gar nicht gefunden, wenn der Engel uns nicht gesagt hätte, er sei in Windeln gewickelt und liege in einer Krippe", flüsterte wieder eine andere.

Die Wirtin freute sich und sagte zu Ruben: „Wie gut, dass wir noch losgegangen sind."

„Wie gut, dass du die Windeln mitgenommen hast", fügte Ruben hinzu. „Sonst hätten die Hirten am Ende gar nicht gewusst, dass der König der Welt in dieser Nacht in Bethlehem in unserem Stall geboren worden ist."

Sie begaben sich auf den Heimweg. Rubens Bein machte ihm keine Beschwerden mehr. Er konnte laufen wie in jungen Jahren. Aber es fiel ihm erst auf, als sie schon ein gutes Stück des Wegs gegangen waren.

Die Wirtin sagte: „Merkwürdig, eben noch schmerzte mich mein Rücken, aber jetzt spüre ich kaum noch etwas davon."

„Es ist der Heiland der Welt", sagte Ruben leise.

Voller Freude kehrten sie in das Gasthaus „Zum goldenen Lamm" zurück.

Am nächsten Morgen erzählten sie allen davon, die im Gasthaus übernachtet hatten. Und auch in der Zeit danach, immer wieder, berichteten die Wirtin und der alte Diener Ruben von dem, was sie in der Heiligen Nacht erlebt hatten. Viele haben die Geschichte für Spinnerei gehalten und darüber gelacht. Aber es war kein fröhliches Lachen. Manche haben es geglaubt, und es wurde ihnen warm ums Herz. Vor Freude.

Willi Fährmann

Welch Geheimnis ist ein Kind

Welch Geheimnis ist ein Kind!
Gott ist auch ein Kind gewesen.
Weil wir Kinder Gottes sind,
kam ein Kind, uns zu erlösen.
Welch Geheimnis ist ein Kind!
Wer dies einmal je empfunden,
ist den Kindern allezeit
durch das Jesuskind verbunden.

Welche Würde trägt ein Kind!
Sprach „das Wort" doch selbst die Worte:
„Die nicht wie die Kinder sind,
gehen nicht ein zur Himmelspforte."
Welche Würde trägt ein Kind!
Wer dies einmal je empfunden,
ist den Kindern allezeit
durch das Jesuskind verbunden.

O wie heilig ist ein Kind!
Nach dem Wort von Gottes Sohne
alle Kinder Engel sind,
wachend vor des Vaters Throne.
O wie heilig ist ein Kind!
Wer dies einmal je empfunden,
ist den Kindern allezeit
durch das Jesuskind verbunden.

Clemens Brentano

Danke schön, Christkind!

Als wir am Heiligen Abend aus der Zionskirche kommen, wirbelt der Schnee in dichten Flocken zur Erde hernieder. Bald ist Bethel in eine weiße Decke eingehüllt. Viele hundert eilige Füße huschen über sie hin, weil nun die Feiern in den einzelnen Häusern auf ihre fröhlichen Gäste warten.

Es sind wohl zwanzig Kinder da, die zum ersten Male in Bethel Weihnachten feiern. Aus allen Gemeinden des deutschen Vaterlandes sind sie hergekommen. Viele aus großer Armut, aus dunklen Kellerräumen oder engen Dachwohnungen. Nun stehen sie wie geblendet vor all der Herrlichkeit. Frische, rotbackige Kinder sind darunter, denen man die schwere Krankheit kaum ansehen kann.

Am Rande des Zimmers geht ein Junge immer auf und ab mit großen Schritten und eigentümlichen Kopfbewegungen. Er wendet sein Gesicht nicht wie die anderen Kinder dem Lichterbaum zu. Er freut sich nicht an den bunten Bildern wie seine kleinen Kameraden. Er kann es nicht; denn der kleine Willy ist nicht nur fallsüchtig und schwachsinnig, er ist auch blind.

Man könnte denken, dass ihm die Tür zur Weihnachtsfreude ganz verschlossen sei. Aber nein, das ist doch nicht der Fall. Er hat eine Mundharmonika geschenkt bekommen. Darüber hat er alles andere ringsherum vergessen. Unermüdlich wandert er auf und ab und versucht zu spielen.

Wenn man genau hinhört, kann man merken, dass es das Lied sein soll: „Ihr Kinderlein, kommet!" Die Töne sind nicht schön, aber das stört ihn nicht. Ihm scheint es die schönste Musik der Erde zu sein.

Plötzlich aber sehe ich, wie Willy Halt macht und die Harmonika vom Munde nimmt. Er lauscht in den vielstimmigen Lärm hinein, der ringsumher das Zimmer erfüllt. Er horcht gespannt auf die Töne der anderen Instrumente seiner kleinen kranken Freunde.

Nun geht ein Freudenschein über sein schmales Gesicht, und ich höre, wie er vor sich hin sagt: „Keiner hat eine!" Er meint offenbar, keiner außer ihm habe eine Mundharmonika bekommen. Das macht ihm den Genuss doppelt groß; und unverdrossen setzt er seine Wanderung fort, hin und her und auf und ab, immer wieder blasend: „Ihr Kinderlein, kommet!"

Nach einer Weile aber sehe ich, wie er noch einmal stehen bleibt und ein noch hellerer Schein über sein blasses Gesicht fährt. „Danke schön, Christkind!", sagt er leise, und dann wandert er weiter.

Friedrich von Bodelschwingh

Kaschek, mein Freund

Mein Großvater Paschmann erzählte gern Geschichten. Eine werde ich wohl nie vergessen. Er hat sie mir wenigstens zehnmal erzählt, aber sie ist mir nie langweilig geworden.

Ich setzte mich neben ihn und sagte: „Opa, erzähle doch mal von Kaschek, deinem Freund." Er ließ sich nicht lange bitten und begann:

„Weihnachten 1917 hab ich in französischer Kriegsgefangenschaft verbracht. Das war eine elende Zeit. Wir Gefangenen mussten hart arbeiten und bekamen wenig zwischen die Zähne. Ich war zu einer Gruppe eingeteilt worden, die morgens, wenn es noch dunkel war, zu einem Steinbruch marschieren musste. Auf fünf Gefangene kamen zwei Wärter, ältere Männer meist. Sie machten nicht viel Federlesens mit uns. Angetrieben wurden wir, wenn wir unser Werkzeug mal für ein paar Minuten sinken ließen. Geschimpfe, Geschrei, wohl auch Drohungen und alles in der fremden Sprache. Ein Stoß mit dem Gewehrkolben in den Rücken, das war an der Tagesordnung. Nur wenn im Winter die Temperaturen unter den Gefrierpunkt sanken, erlaubten sie uns, ein Feuer zu machen, aber wohl hauptsächlich, um selber rundum zu stehen und sich zu wärmen. Oft haben wir abenteuerliche Fluchtpläne geschmiedet, aber das Lager war vielfach gesichert und so gut bewacht, als ob wir alle Schwerverbrecher gewesen wären. Und im Steinbruch zwei Wächter auf je fünf Mann. Dabei war es so, dass aus dem Steinbruch sowieso kein Entkommen möglich war. Es gab nur einen Einschlupf, durch den gerade mal die Fuhrwerke durchpassten, wenn sie die Steine abholten. Ringsum sonst nur hohe Steilwände. Ja, war leicht zu bewachen, der Steinbruch. Und dann zwei Franzosen auf je fünf deutsche Gefangene. Die meisten von uns waren auch wohl viel zu schwach, um wirklich eine Flucht zu wagen.

Mein Freund, der Unteroffizier Kaschek, hielt unsere Arbeitsgruppe zusammen, machte uns auch Mut, wenn wir den Kopf hängen ließen. ‚Jeder Krieg ist irgendwann zu Ende‘, sagte er oft. Aber uns kam es vor wie eine Ewigkeit, ja, wie eine Ewigkeit kam es uns vor. Kaschek, mein Freund, war ein Kerl wie ein Bär so stark. Und ähnlich wie ein Bär sah er auch aus, ein bisschen tapsig sein Gang und sein Körper war dicht mit schwarzen Haaren bedeckt. Er hatte sich ein paar Brocken Französisch beigebracht. Und manche von den Wachen hatten es gern, wenn er mit ihnen sprach. Manchmal lachten sie laut auf. Dann hatte Kaschek wohl einen Fehler gemacht und sie riefen sich zu: ‚Il est con‘, er ist saudumm. Dabei konnten die meisten von denen kein einziges deutsches Wort. Vielleicht wollten sie auch die von ihnen verhasste Sprache des Feindes nicht sprechen, ich weiß es nicht. Jedenfalls hatte Kaschek, mein Freund, am

24. Dezember die Wachen gefragt, ob sie uns auch Weihnachten zur Arbeit treiben würden. Sie sagten, eigentlich wollten sie das wohl, und wenn es doch nicht geschehe, dann weil sie selber Weihnachten feiern wollten. ‚Was für ein Weihnachten‘, habe ich geflüstert. ‚Keine Nachricht von der Familie und zum ersten Mal in meinem Leben ein Weihnachtsfest ohne Messe.‘ Kaschek hat zu den Wachen gesagt, er wolle nach Arbeitsschluss, bitte schön, den Herrn Kommandanten sprechen, aber die Wachen haben darüber gelacht und ‚nononon‘ gerufen. Als wir dann ins Lager zurückgeführt wurden, da hat Kaschek, mein Freund, laut auf Französisch geschrien: ‚Ich möchte, bitte schön, den Herrn Kommandanten sprechen.‘ Das hat er immer wieder hinausgeschrien. Er hat auch nicht zu schreien aufgehört, als sie ihm den Gewehrkolben in den Rücken stießen. Und als er schließlich am Straßenrand im dreckigen Schnee lag und einer ihm den schweren Kolben ins Gesicht drückte, da hat er immer noch geschrien: ‚Ich möchte, bitte schön, den Herrn Kommandanten sprechen.‘ Wir wollten Kaschek wegtragen, aber da haben einige Franzosen ihre Gewehre von der Schulter genommen. Als wir in die Mündungen schauten, haben wir allen Mut verloren. Waren ja auch auf fünf von uns zwei von denen. Dann wurde mit einem Male die Tür der Offiziersbaracke aufgestoßen und er ist selbst herausgelaufen gekommen, der Kommandant, und hatte nicht einmal seinen Uniformrock zugeknöpft. In scharfem Ton hat er den Wachen etwas befohlen und die haben von meinem Freund Kaschek abgelassen.

Der Kommandant hat ihn auf Deutsch angesprochen und gefragt: ‚Was schreist du hier herum, Gefangener?' Kaschek, mein Freund, hat sich aufgerappelt und ist nur schwer aus dem Schnee hochgekommen. Sein Gesicht sah furchtbar aus, die Nase war eingeschlagen und Blut sickerte ihm in den Bart.

‚Ich möchte Musjöh Commandant bitten, dass die katholischen Kameraden morgen am Weihnachtstag eine Messe mitfeiern dürfen.'

„Fragst du auch für dich selbst?'

‚Nein', hat mein Freund Kaschek geantwortet, ‚ich bin evangelisch. Aber mein Freund, der Grenadier Paschmann, der ist katholisch. Und auch noch ein paar andere von uns sind katholisch. Und weil doch morgen Weihnachten ist, Musjöh Commandant ...'

Der Kommandant hat sich eine Weile bedacht und seinen Blick nicht abgewendet von meinem Freund Kaschek und hat dann gesagt: ‚Ist gut, Kamerad.' Er hat wirklich ,Kamerad' zu Kaschek gesagt. ‚Die Evangelischen können morgen einen Gottesdienst in der Essensbaracke halten und die Katholischen werden um acht Uhr ins Dorf in die Kirche geführt.'

‚Danke, Musjöh Commandant', hat Kaschek gesagt, ist in die Knie gebrochen und kopfüber in den Schnee gestürzt. Sie haben ihn ins Krankenrevier geschafft. Wir waren zu fünfundzwanzig Mann, die von den Wachen am Weihnachtsmorgen ins Dorf gebracht wurden. Auf fünf von uns kamen zwei Wachsoldaten, aber es hat keinen Stoß mit dem Kolben gegeben und kein böses Wort. Die Kirche war gestopft voll. Uns haben sie ganz nach vorn geführt. Gleich hinter den Kindern hatten sie für uns drei Bänke freigehalten. Ich konnte von meinem Platz aus gut die Krippe sehen. Ganz groß und schön war sie aufgebaut worden. Da stand halb hinter der Gottesmutter der heilige Josef und der Stern mit dem Schweif leuchtete hell. Der Josef stand da. Ich konnte ihn ganz deutlich erkennen, da stand er mit seinem schwarzen Bart und seiner Gestalt wie ein Bär und er glich ganz genau dem Kaschek, meinem Freund."

Opa Paschmann schwieg einen Moment, atmete tief und sagte dann: „Das genau ist es, was ich dir sagen wollte, hinter mir hatte ein riesiger, pechschwarzer Senegalese seinen Platz, neben meiner Bank stand ein Algerier, weiter im Gang ein amerikanischer Soldat und dazu unsere Wachmannschaft und all die Franzosen aus dem Dorf, die Frauen, die Kinder, die alten Männer. Und dann haben wir gesungen: Pater noster, qui es in caelis. Alle, versteht ihr, alle zusammen in ein und derselben Sprache haben wir das Vaterunser gesungen. Wohl viele haben es gespürt, ob Franzmänner, Afrikaner, Deutsche oder der aus Amerika, ob Freund oder Feind, wisst ihr, es gibt etwas, das uns alle zusammenbindet. Pater noster. In diesem Augenblick war für mich Weihnachten."

Willi Fährmann

Eine Erzählung für Kinder

Ein Mädchen und ein Knabe fuhren in einer Kalesche (Kutsche) von einem Dorf in das andere. Das Mädchen war fünf und der Knabe sechs Jahr alt. Sei waren nicht Geschwister, sondern Vetter und Base (Kusine). Ihre Mütter waren Schwestern. Die Mütter waren zu Gast geblieben und hatten die Kinder mit der Kinderfrau nach Hause geschickt.

Als sie durch ein Dorf kamen, brach ein Rad am Wagen und der Kutscher sagte, sie könnten nicht weiterfahren. Das Rad müsse ausgebessert werden und er werde es gleich besorgen.

„Das trifft sich gut", sagte die Njanja, die Kinderfrau. „Wir sind so lange gefahren, dass die Kinderchen hungrig geworden sind. Ich werde ihnen Brot und Milch geben, die man uns zum Glück mitgegeben hat."

Es war im Herbst und das Wetter war kalt und regnerisch. Die Kinderfrau trat mit den Kindern in die erste Bauernhütte, an der sie vorüberkamen. die Stube war schwarz, der Ofen ohne Rauchfang. Wenn diese Hütten im Winter geheizt werden, wird die Tür geöffnet und der Rauch zieht so lange aus der Tür, bis der Ofen heiß ist. Die Hütte war schmutzig und alt, mit breiten Spalten im Fußboden. In einer Ecke hing ein Heiligenbild, ein Tisch mit Bänken stand davor. Ihm gegenüber befand sich ein großer Ofen.

Die Kinder sahen in der Stube zwei gleichaltrige Kinder: ein barfüßiges Mädchen, das nur mit einem schmutzigen Hemdchen bekleidet war, und einen dicken, fast nackten Knaben. Noch ein drittes Kind, ein einjähriges Mädchen, lag auf der Ofenbank und weinte herzzerreißend. Die Mutter suchte es zu beruhigen, wandte sich aber von ihm ab, als die Kinderfrau eine Tasche mit einem blinkenden Schloss aus dem Wagen ins Zimmer brachte. Die Bauernkinder staunten das glänzende Schloss an und zeigten es einander.

Die Kinderfrau nahm eine Flasche mit warmer Milch und Brot aus der Reisetasche, breitete ein sauberes Tuch aus auf dem Tisch und sagte: „So, Kinderchen, kommt, ihr seid doch wohl hungrig geworden?"

Aber die Kinder folgten ihrem Ruf nicht. Sonja, das Mädchen, starrte die halb nackten Bauernkinder an und konnte den Blick nicht von ihnen abwenden. Sie hatte noch nie so schmutzige Hemden und so nackte Kinder gesehen und staunte sie nur so an. Petja aber, der Knabe, sah bald seine Base, bald die Bauernkinder an und wusste nicht, ob er lachen oder sich wundern sollte. Mit besonderer Aufmerksamkeit musterte Sonja das kleine Mädchen auf der Ofenbank, das noch immer laut schrie.

„Warum schreit sie denn so?", fragte Sonja.

„Sie hat Hunger", sagte die Mutter.

„So geben Sie ihr doch etwas."

„Gern, aber ich habe nichts."

„So, jetzt kommt", sagte die Njanja, die inzwischen das Brot geschnitten und zurechtgelegt hatte.

Die Kinder folgten dem Ruf und traten an den Tisch. Die Kinderfrau goss ihnen Milch in kleine Gläschen ein und gab jedem ein Stück Brot. Sonja aber aß nicht und schob das Glas von sich fort. Und Petja sah sie an und tat das Gleiche.

„Ist es denn wahr?", frage Sonja, auf die Bauersfrau zeigend.

„Was denn?", fragte die Njanja.

„Dass sie keine Milch hat?"

„Wer soll das wissen? Euch geht es nichts an."

„Ich will nicht essen", sprach Petja.

„Gib ihr die Milch", sagte Sonja, ohne den Blick von dem kleinen Mädchen abzuwenden.

„Schwatze doch keinen Unsinn", sagte die Njanja.

„Trinkt, sonst wird die Milch kalt."

„Ich will nicht essen, ich will nicht!", rief Sonja plötzlich.

„Und auch zu Hause werde ich nicht essen, wenn du ihr nichts gibst."

„Trinkt ihr zuerst, und wenn etwas übrig bleibt, so gebe ich ihr."

„Nein, ich will nichts davon haben, bevor du ihr etwas gegeben hast. Ich trinke auf keinen Fall."

„Ich trinke auch nicht", wiederholte Petja.

„Ihr seid dumm und redet dummes Zeug", sagte die Kinderfrau. „Man kann doch nicht alle Menschen gleichmachen! Das hängt eben von Gott ab, der dem einen mehr gibt als dem andern. Euch, eurem Vater hat Gott viel gegeben."

„Warum hat er ihnen nichts gegeben?"

„Das geht uns nichts an – wie Gott will", sagte die Njanja. Sie goss ein wenig Milch in eine Tasse und gab diese der Bauersfrau. Das Kind trank und beruhigte sich.

Die beiden anderen Kinder aber beruhigten sich noch immer nicht und Sonja wollte um keinen Preis etwas essen oder trinken.

„Wie Gott will …", wiederholte sie. „Aber warum will er es so? Er ist ein böser Gott, ein hässlicher Gott, ich werde nie wieder zu ihm beten."

„Pfui, wie abscheulich!", sagte die Njanja. „Warte, ich sage es deinem Papa."

„Du kannst es ruhig sagen, ich habe es mir ganz bestimmt vorgenommen. Es darf nicht sein, es darf nicht sein."

„Was darf nicht sein?", fragte die Njanja.

„Dass die einen viel haben und die anderen gar nichts."

„Vielleicht hat Gott es absichtlich so gemacht", sagte Petja.

„Nein, er ist schlecht, schlecht. Ich will nie weder essen noch trinken. Er ist ein schlimmer Gott! Ich liebe ihn nicht."

Plötzlich ertönte vom Ofen herab eine heisere, vom Husten unterbrochene Stimme. „Kinderchen, Kinderchen, ihr seid liebe Kinderchen, aber ihr redet Unsinn."

Ein neuer Hustenanfall unterbrach die Worte des Sprechenden. Die Kinder starrten erschrocken zum Ofen hinauf und erblickten dort ein runzeliges Gesicht und einen grauen Kopf, der sich vom Ofen herabneigte.

„Gott ist nicht böse, Kinderchen, Gott ist gut. Er hat alle Menschen lieb. Es ist nicht sein Wille, dass die einen Weißbrot essen, während die anderen nicht einmal Schwarzbrot haben. Nein, die Menschen haben es so eingerichtet. Und sie haben es darum getan, weil sie ihn vergessen haben."

Der Alte bekam wieder einen Hustenanfall. „Sie haben ihn vergessen und es so eingerichtet, dass die einen im Überfluss und die anderen in Not und Elend vergehen. Würden die Menschen nach Gottes Willen leben, dann hätten alle, was sie nötig haben."

„Was soll man aber tun, damit alle Menschen alles Nötige haben?", fragte Sonja.

„Was soll man tun?", wisperte der Alte. „Man soll Gottes Wort befolgen. Gott befiehlt, man soll alles in zwei teilen."

„Wie, wie?", fragte Petja.

„Gott befiehlt, man soll alles in zwei Teile teilen."

„Er befiehlt, man soll alles in zwei Teile teilen", wiederholte Petja.

„Wenn ich mal groß bin, werde ich das tun."

„Ich tue es auch", versicherte Sonja.

„Ich habe es eher gesagt als du!", rief Petja. „Ich werde es so machen, dass es keine Armen mehr gibt."

„Na, nun habt ihr genug Unsinn geschwatzt", sagte die Njanja. „Trinkt eure Milch aus."

„Wir wollen nicht, wollen nicht, wollen nicht!", riefen die Kinder einstimmig aus. „Wenn wir erst groß sind, tun wir es unbedingt."

„Ihr seid brave Kinderchen", sagte der Alte und verzog seinen Mund zu einem breiten Lachen, dass die beiden einzigen Zähne in einem Unterkiefer sichtbar wurden. „Ich werde es leider nicht mehr erleben. Ihr habt aber einen wackeren Entschluss gefasst. Gott helfe euch."

„Mag man mit uns machen, was man will", rief Sonja, „wir tun es doch!"

„Wir tun es doch", bekräftigte auch Petja.

„Das ist recht, das ist recht", sprach der Alte lächelnd und hustete wieder.

„Und ich werde mich dort oben über euch freuen", sprach er, nachdem das Husten vorüber war. „Seht nur zu, dass ihr's nicht vergesst!"

„Nein, wir vergessen es nicht!", riefen die Kinder aus.

„Recht so, das wäre also abgemacht."

Der Kutscher kam mit der Nachricht, dass das Rad ausgebessert sei, und die Kinder verließen die Stube.

Was aber weiter sein wird, werden wir ja sehen.

Leo Tolstoi

Die Apfelsine

Schon als kleiner Junge hatte ich meine Eltern verloren und kam mit neun Jahren in ein Waisenhaus in der Nähe von London. Es war mehr ein Gefängnis. Wir mussten vierzehn Stunden am Tag arbeiten – im Garten, in der Küche, im Stall, auf dem Felde. Kein Tag brachte eine Abwechslung, und im ganzen Jahr gab es für uns nur einen einzigen Ruhetag: Das war der Weihnachtstag. Dann bekam jeder Junge eine Apfelsine zum Christfest. Das war alles. Keine Süßigkeiten, kein Spielzeug. Aber auch diese eine Apfelsine bekam nur derjenige, der sich Laufe des Jahres nichts hatte zuschulden kommen lassen und immer folgsam gewesen war. Diese Apfelsine an Weihnachten verkörperte die Sehnsucht eines ganzen Jahres.

So war wieder einmal das Christfest herangekommen. Aber es bedeutete für mein Knabenherz fast das Ende der Welt. Während die anderen Jungen am Waisenhausvater vorbeischritten und jeder seine Apfelsine in Empfang nahm, musste ich in einer Zimmerecke stehen und – zusehen.

Das war meine Strafe dafür, dass ich eines Tages im Sommer aus dem Waisenhaus hatte weglaufen wollen. Als die Geschenkverteilung vorüber war, durften die anderen Knaben im Hof spielen. Ich aber musste in den Schlafraum gehen und dort den ganzen Tag über im Bett liegen bleiben. Ich war tieftraurig und beschämt. Ich weinte und wollte nicht länger leben.

Nach einer Weile hörte ich Schritte im Zimmer. Eine Hand zog die Bettdecke weg, unter die ich mich verkrochen hatte. Ich blickte auf. Ein kleiner Junge namens William stand vor meinem Bett, hatte eine Apfelsine in der rechten Hand und hielt sie mir entgegen. Ich wusste nicht, wie mir geschah. Wo sollte eine überzählige Apfelsine hergekommen sein? Ich sah abwechselnd auf William und auf die Frucht und fühlte dumpf in mir, dass es mit der Apfelsine eine besondere Bewandtnis haben müsse. Auf einmal kam mir zum Bewusstsein, dass die Apfelsine bereits geschält war, und als ich näher hinblickte, wurde mir alles klar, und Tränen kamen in meine Augen, und als ich die Hand ausstreckte, um die Frucht entgegenzunehmen, da wusste ich, dass ich fest zupacken musste, damit sie nicht auseinanderfiel.

Was war geschehen? Zehn Knaben hatten sich im Hofe zusammengetan und beschlossen, dass auch ich zu Weihnachten meine Apfelsine haben müsse. So hatte jeder die seine geschält und eine Scheibe abgetrennt und die zehn abgetrennten Scheiben hatten sie sorgfältig zu einer neuen, schönen und runden Apfelsine zusammengesetzt. Diese

Apfelsine war das schönste Weihnachtsgeschenk in meinem Leben. Sie lehrte mich, wie trostvoll echte Kameradschaft sein kann.

Sidney Caroll

Janine feiert Weihnachten

Wann ist Weihnachten? Man sagt, am 24. Dezember, am 25. vielleicht. Das habe ich auch immer geglaubt, bis jene Geschichte passierte, die ich jetzt erzählen möchte. Seither bin ich nicht mehr so sicher.

Die Geschichte nahm ihren Anfang im Sommer des Jahres 1958 in einem kleinen Juradorf. Das Juradorf war wirklich sehr klein – ein paar Häuser, ein Bäcker, zwei, drei Wirtschaften, eine kleine Schule, eine Kirche und ein paar Familien über die Hänge verstreut. Eine dieser Familien bestand aus einem jungen Ehepaar und einem achtjährigen Mädchen, nennen wir es Janine.

Janine war ein fröhliches Mädchen, aber in diesem Sommer begann es zu kränkeln. Es wurde apathisch, es war immer müde, es nahm nicht mehr an den Spielen seiner Gefährtinnen teil; es begann Kopfweh zu haben, es wollte morgens nicht mehr aufstehen; es war krank. Zuerst schien die Sache nicht sehr besorgniserregend; aber nachdem Janine immer mehr zu klagen begann, ging die Mutter mit ihr zum Arzt des nächsten größeren Dorfes. Der Arzt untersuchte Janine und kam der Krankheit nicht auf die Spur.

So fuhr die Mutter denn eines Tages im September nach Basel und ließ Janine von einem berühmten Professor an der Universitätsklinik untersuchen. Der Bescheid, den Janines Mutter bekam, war erschreckend. Janine hatte Leukämie, eine Blutkrankheit, gegen die es auch heute noch kein Mittel gibt und die binnen kurzer Zeit zum sicheren Tode führt. Der Professor gab Janine höchstens noch zwei Monate zu leben. Die Mutter war verzweifelt. Sie beschwor den berühmten Arzt, sie bat ihn, sie fragte, was sie tun könne, und dem Arzt blieb nichts übrig, als ihr zu sagen, das Einzige, was sie für Janine noch unternehmen könne, sei, ihr die letzten Wochen ihres Lebens so schön wie immer möglich zu machen.

Janines Eltern waren nicht reich, aber es ging ihnen nicht schlecht, und sie beschlossen, für Janine zu tun, was immer nur zu tun sei: mit ihr zu reisen, ihr die Schweiz zu zeigen, die Welt zu zeigen; sie mit Geschenken zu überschütten.

Aber Janine wollte von alldem nichts wissen. Sie wollte nicht reisen, sie wollte keine Geschenke haben. Sie hatte nur einen einzigen Wunsch, und das war: Weihnachten zu feiern. Sie wollte Weihnachten haben, und zwar wunderschöne Weihnachten, wie sie sich ausdrückte, Weihnachten mit allem, was Weihnachten zu Weihnachten macht. Das war der einzige Wunsch, der Janine nicht zu erfüllen war. Dezember rückte näher, der Vater wurde immer verzweifelter, und in seiner Verzweiflung vertraute er sich einem Freund, nämlich dem Lehrer des Dorfes, an. Zusammen kamen die Männer auf eine Idee. Der Vater ging nach Hause, mit gespielter Begeisterung erzählte er Janine, dass Weihnachten ausnahmsweise in diesem Jahre früher stattfinden werde, und zwar bereits am 2. Dezember. Janine war ein gescheites Kind und glaubte die Geschichte zunächst nicht; das heißt, sie hätte sie gerne geglaubt, aber sie konnte das gar nicht fassen. Nun, der Vater sagte, mit Ostern sei es ja auch so, und genauso sei es nun eben einmal mit Weihnachten. Die Idee schien dem Vater sehr gut; er hatte nur etwas dabei vergessen: Weihnachten ist ein Fest, das man nicht alleine feiern kann. Zu Weihnachten gehören die Weihnachtsvorbereitungen, das Packen der Paketchen, der Geschenke. Zu Weihnachten gehört als Vorbereitung, dass in den Geschäften die Geschenke ausgestellt sind, dass die Christbäume auf dem Dorfplatz aufgerichtet werden. Zu Weihnachten gehört die ganze Zeit vor Weihnachten, und zu Weihnachten gehört vor allem, dass alle es feiern.

Der Nächste im Dorf, der ins Vertrauen gezogen wurde, war der Bäcker. Und der Bäcker beschloss, seine Lebkuchenherzen dieses Jahr schon früher zu backen. Er beschloss auch, sein berühmtes Schokoladenschiff, das er jedes Jahr ausstellte, dieses Jahr schon früher ins Fenster zu stellen und aus den Schloten des Schiffes die Watte dampfen zu lassen. Und nun begannen die anderen Geschäftsleute des Dorfes, die sich zunächst gesträubt hatten – denn Weihnachten ist für Geschäftsleute nicht nur ein Fest, sondern eben auch ein Geschäft –, die Leute, die sich zunächst gesträubt hatten, begannen auch, ihre Weihnachtsvorbereitungen zu treffen.

Der Plan setzte sich immer fester in den Köpfen der Leute des kleinen Juradorfes. In der Schule wurde gebastelt; im Kindergarten wurde gebastelt; den Kindern wurde eingeschärft, dass Weihnachten dieses Jahr früher sei als in anderen Jahren, und es wurde überall gemalt, gebacken. Die Hausfrauen machten mit; die Väter gingen auf den Dachboden, holten die Lokomotiven und die Eisenbähnchen und begannen, sie neu zu bemalen oder auszubessern; die Puppen wurden in die Puppenklinik gebracht. In dem kleinen Dorf setzten schon Mitte November ganz große Weihnachtsvorbereitungen ein. Der letzte Widerspruch, der zu überwinden war, war der des Pfarrers: Konnte er denn die ganze Weihnachtsliturgie vorwegnehmen? Er konnte es. Er setzte Weihnachten für den 2. Dezember fest.

Der 2. Dezember kam, und es wurde ein wundervolles Weihnachten für Janine, ein Weihnachtsfest wie in anderen Jahren. Die Sternsinger kamen, verteilten ihre Lebkuchen, ihre Nüsse, ihre Birnen, und sogar aus dem Radio kam weihnachtliche Musik, kam „O du fröhliche", kamen die Schweizer Weihnachtslieder, und daran war nicht das Radio schuld, daran war ein kleiner Elektriker im Dorf schuld, der eine direkte Leitung in das Haus Janines gelegt hatte und vom Nebenhaus her Platten abspielte, deren Musik nun direkt aus dem Lautsprecher kam.

Es war ein wundervolles Weihnachtsfest, und zwei Tage später starb Janine. Am 24. Dezember 1958 wurde in diesem kleinen Juradorf nicht mehr Weihnachten gefeiert.

Werner Wollenberger

Der Mann,
der dabei war

Ben-Asra, der Hirte, zog von Betlehem nach Jerusalem, um ein Lamm zu opfern. Als er durch Betanien, das kleine Dorf am Ölberg, kam, gedachte er zu rasten; es war heiß und er war nicht mehr der Jüngste. Zudem war es ein anmutiger, einladender Ort vor der Heiligen Stadt, die er stets mit einigem Bangen betrat; denn er lebte jahrein, jahraus mit seiner Herde abseits vom Treiben der Welt.

Die Unruhe der nahen Stadt, so dünkte den Hirten, kündigte sich schon in Betanien an. Die Dörfler standen vor ihren Häusern in erregtem, scheuem Gespräch, und seltsame Kunde drang an Ben-Asras Ohr, von einem heiligen Mann, von messianischen Wunderheilungen und von Totenerweckungen. Der Hirte ließ sich, das Lamm auf dem Schoß, unter einem Feigenbaum vor einem Hause nieder, das ein wenig abseits vom Dorfe stand, mit freier Aussicht auf die hoch gebaute Stadt und den Tempel auf dem Berge Moriah. Ben-Asra zog sein Brot heraus, aß geruhsam, tränkte auch das Lamm aus einer Lederflasche und wollte sich eben wieder auf den Weg machen, als eine Frau sich aus der Tür neigte und ihn bat einzutreten: drinnen sei es kühl und ein Schluck roten Weines werde ihm guttun.

Also trat der Hirte ins Haus. Die Frau, die ihn hereingerufen hatte, kniete vor einem Stein und mahlte Körner aus. Nur manchmal hielt sie inne und blickte zu den anderen Hausbewohnern hinüber, die untätig beieinander saßen in vertrautem Gespräch, einem jungen rotblonden Weibe und einem jungen Menschen mit einem weißen, zarten Gesicht und verwunderten Augen. Noch jemand war zu Gaste: ein bärtiger Mann, kaum älter als dreißig Jahre, der den Hirten willkommen hieß. Der band das Lamm an einen Ring am Herd und setzte sich zu den anderen.

Sie fragten ihn, woher er komme und wohin er wolle. Der Wein, den man ihm bot, machte ihn gesprächig. Er wusste selbst nicht, wie es kam, dass er, der Wortkarge, Bedächtige, ins Erzählen geriet, dass er von seinem Hirtenleben sprach, dem friedfertigen, ereignislosen Dasein mit den Tieren.

Aufmerksam und freundlich hörten seine Wirte ihm zu. Ben-Asra sprach zu allen und vornehmlich zu dem Bärtigen, als müsse er ihm sagen, was ihn bewegte. Denn einmal, vor etwa dreißig Jahren, hatte sich doch etwas ereignet auf dem Felde bei den Herden, als er mit seinen Gefährten des Nachts die Schafe hütete. Damals – es war wohl vor ihrer Zeit gewesen – hatte der römische Kaiser Augustus im ganzen Reiche eine Volkszählung angeordnet, um zu erfahren, über wie viele Menschen er regiere, welchen Beruf und welchen Verdienst sie hätten und woher sie gebürtig seien. Bis zu ihnen in die Berge bei Betlehem seien die Leute wegen eines Nachtquartiers gekommen, da jeder sich in seinem Heimatort melden musste.

„Wir hatten", so erzählte er, „einen kleinen Stall dort, zum Schutz für Mensch und Tier bei schlechtem Wetter, für die lammenden Schafe und die kalbenden Rinder. Da kam zu uns ein Zimmermann aus Nazaret mit seiner jungen Frau, die schwanger war, und bat um Herberge für die Nacht. Der Mann selbst war nicht mehr jung. Er wärmte seine Hände an dem Rind, das im Stalle stand bei unserem Esel, mit dem wir die Milch in tönernen Krügen nach Betlehem zu bringen pflegten. Wir schneiden aus dem Kaktus runde Scheiben und schließen damit die Krüge, damit die Milch nicht überschwappt.

Auf einem Lager von Stroh im Stall ruhte die Frau und wartete furchtsam auf ihre Stunde. Ich war damals", sagte der Hirte zu dem jungen Mann gewandt, „nicht älter als du, sechzehn Jahre vielleicht; aber was in jener Nacht geschah, werde ich mein Lebtag nicht vergessen.

Ich saß mit meinem Vater am Berghang, nicht weit vom Stall, unter der Sternenwiese. Über dem Stall stand ein besonders heller Stern, den wir noch nie gesehen hatten. Auf einmal wurden die Tiere unruhig – wie bei einem Gewitter. Die Schafe blökten und drängten sich aneinander und die Rinder brüllten in die Nacht. Man sah ihren warmen Atem. Der Mond schien nicht, aber es war sternklar, dunkel, aber nicht finster, wolkenlos. Vom Stall herüber tönte das Schreien der jungen Frau. Ihr kennt das: Es ist Schmerz und Lust zugleich. Dann hörte man das Kind weinen. Da wurde es plötzlich taghell um uns, und während unser Hund sich wimmernd verkroch und die Schafe, in die Knie brechend, sich duckten, sahen wir einen Engel vor uns stehen. Ich hatte noch nie einen Engel gesehen, aber ich wusste sogleich, dass dies kein Mensch war wie ihr und ich. Er redete uns an mit einer Stimme voll Wohllaut, sagte uns, dass wir uns nicht fürchten sollten. ‚Denn‘, so sagte er, er sang es beinahe, ‚heute ist euch der Heiland geboren, welcher ist Christus, der Herr, in der Stadt Davids.‘ Denkt euch: in unserem Stall! Während es so mit tausend Stimmen in den Lüften sang zum Lobe Gottes, liefen wir hinüber und sahen das Kind in Windeln gewickelt und in der Eselskrippe liegend.

Wir knieten nieder und beteten es an. – Ich habe einen Engel gesehen, ich, Ben-Asra, ein Hirte. Warum ich? Aber so war es, so unwahrscheinlich es klingt. Und ich habe mit diesen Augen das Kind gesehen, so wie ich dich sehe, Herr, und euch. Was bedarf es mehr? Und der Ochs und der Esel beugten vor ihm die Knie mit uns und verbeugten sich tief.“

Der Hirte schwieg. Die Frau an der Kornmühle, die Hände auf dem Stein, hatte schon lange innegehalten; sie wandte ihre fragenden Augen von dem Hirten ab und dem Bärtigen zu. Der aber gebot ihr zu schweigen.

Und dann, sich erinnernd, fügte der Hirte hinzu: „Es war

ein so reizendes Kind, Herr. Ich möchte wohl wissen, was aus ihm geworden ist."

Er erhob sich, dankte, band sein Lamm los und ging hinauf nach Jerusalem.

Ernst Penzoldt

Als ich bei meinen Schafen wacht'

Als ich bei meinen Schafen wacht',
ein Engel mir die Botschaft bracht':
Er sagt, es soll geboren sein
zu Betlehem ein Kindelein.
Er sagt, das Kind liegt dort im Stall
und soll die Welt erlösen all.
Des bin ich froh,
froh, froh, froh!
Benedicamus domino.

Unbekannter Verfasser

Sterne wandern groß und klar

Sterne wandern groß und klar
durch des Himmels dunkle Runde,
und aus eines Engels Munde
blüht die Botschaft wunderbar.
Sag, fällt dir das Freuen schwer?
Hat dein Herz zu viel erfahren?
Sieh, in großen Engelscharen
hält dein Hoffen Wiederkehr!

Walter Hauser

Als ob die Hirten einen anderen Herrn hätten ...

Brief des Pächters Ibrahim an Ben Charub, Eigentümer eines Grundstückes mit Stallungen vor Bethlehem.

Mächtiger, gefürchteter und geliebter Ben Charub!

Die drei Drachmen Pachtzins überbringt dir hiermit wie alljährlich um diese Zeit als Bote mein begabter Neffe Lom. Zum Geld aber habe ich dir einen Brief beilegen müssen für diesmal, einen Brief, den ich dem Schriftkundigen Echail aufgesagt habe, wobei ich ihn um mögliche Kürze bat, da er sich jedes Wort bezahlen lässt – der Schlaufuchs – und oft ins Blumenreiche gerät.

Großer Ben Charub, auf deinem Grundstück und in dem Stall, den deine Güte und Menschlichkeit mir zur Pacht überlassen haben, ist Ungewöhnliches geschehen. Ich möchte gleich bitten, erhabener Eigentümer, die Ursachen dieser Geschehnisse nicht bei mir zu suchen. Ich bin nur Pächter und habe schon Mühe, mich in meiner Familie und meinem Hauswesen durchzusetzen – du kennst mein Weib

Rachel –, und ich besitze nicht einmal einen Abglanz von der Stärke unseres unvergleichlichen Kaisers Augustus, der die Volkszählung anordnete. Mit dieser Volkszählung begann alles, was dein Grundstück und deinen Stall in Mitleidenschaft gezogen hat. Es kamen Scharen von Auswärtigen in unseren Ort, wenige Bekannte nur, die meisten wildfremd. Die Menschenmengen brachten Unruhe in unsere Gassen und schreckten auch nicht vor den Schwellen unserer Häuser zurück, wenn sie Speise oder eine Schlafstatt brauchten. Manche beriefen sich auf verwandtschaftliche Bande, an die sich bei uns kaum jemand erinnern konnte.

Zu mir kam zum Beispiel ein gewisser Joseph, der behauptete, vor vierzig Jahren in meinem Haus geboren und ein Vetter von mir zu sein. Das mochte stimmen – oder auch nicht. Im Gesicht konnte ich eine Familienähnlichkeit nicht ausmachen; nun, der Mann sah etwas struppig, aber sonst harmlos aus.

Er hatte ein junges Mädchen bei sich, das ein Kind erwartete. Nach einigem Zögern wollte ich sie einlassen, als Rachel mich von hinten anstieß und mir zuflüsterte, welche Scherereien die beiden uns ins Haus bringen würden: Aufregung, Arbeit und Lauferei.

Und da Rachel in solchen Dingen und allen anderen recht hat, musste ich bedauernd die Schultern heben und die Tür langsam wieder zumachen und dann fest verschließen.

Und dieser Joseph und seine Frau müssen es gewesen sein, die ohne Erlaubnis deinen Stall aufgesucht und sich für einige Wochen darin eingerichtet haben. Und die Frau hat ihr Kind dort zur Welt gebracht.

Wie gesagt, von mir aus hatten sie für nichts eine Erlaubnis, aber wer fragt denn heutzutage schon nach der Erlaubnis eines Pächters. Wenn's wenigstens noch der Eigentümer gewesen wäre! Mit einem Wort: Es waren Stallbesetzer!

Nun haben diese beiden, dieser Joseph und seine Frau, den Stall eigentlich recht ordentlich gehalten, manches sah nachher sogar besser als vorher aus: Die Tür war instand gesetzt und vier Dachsparren waren säuberlich geflickt; der Mann muss handwerkliches Geschick haben. Aber dafür fehlte einiges an Futtergetreide, und auch ein paar Strohgarben waren zerlegen und zu Häcksel geworden.

Und dieses Paar und das Kind müssen viele Besucher gehabt haben, ganze Volksscharen von Besuchern: Der Vorplatz ist arg zertrampelt, und mehrere Feuerstellen haben das Gras bis zur Wurzel versengt. Das dauert Jahre, bis da was nachwächst. Von der Handelsstraße bis zum Stall ist ein richtiger Weg entstanden, was für uns unangenehm ist, da jetzt manche Reisenden irregeführt werden und den neuen Pfad entlanggehen in der Hoffnung, auf eine Karawanserei zu stoßen. Aber das Schlimmste sind nicht diese äußeren Veränderungen. Da ist in den Dingen selbst etwas anders geworden: im Holz, in den Gräsern, tief im Boden, in den Tieren – ja, und in den Menschen, Ben Charub, du Kenner der Menschen in ihren Unarten und Eigenarten.

Als ich im Stall nach dem Rechten sah und die Hirten über die Vorgänge zur Rede stellte, kümmerten sich diese Männer kaum um mich. Sie ließen den früheren angenehmen Gehorsam vermissen. Sie blickten durch mich hindurch und sahen aus, als ob sie nicht mehr deine Bediensteten, sondern anderweitig Beschäftigte wären. Ich kann es nicht richtig erklären. Vielleicht doch: Die Hirten sahen aus, als ob sie einen anderen Herrn angenommen hätten.

Da müsstest du, edler Charub, als rechtmäßiger Eigentümer dieser Gegend und ihrer Menschen doch sofort etwas unternehmen!

Das Paar und das Kind sind schon seit einiger Zeit fort. Die Familie soll plötzlich aufgebrochen und bei Nacht über die Grenze gegangen sein.

Seit der Flucht dieses Josephs und seiner Frau und dem Kind fehlt auch mein Esel Guman, den ich in deinem Stall stehen hatte. Aber ein Hirtenjunge brachte mir eine Nachricht von dieser Familie: Sie habe den Esel dringend gebraucht, und hier sei die Bezahlung, ein Stückchen Gold.

Nun, der Kaufpreis war ja reichlich, und ich habe mir von dem Goldstück ein stärkeres Tragtier als diesen klapprigen Guman angeschafft, sodass wir diese Angelegenheit rasch vergessen können.

Nur das mit den veränderten Menschen, das solltest du hier auf deinem Grund und Boden überprüfen lassen. Ich sehe deiner Ankunft entgegen und bin bis dahin dein dankbarer und besorgter Pächter Ibrahim.

Josef Reding

Warum Gott
Jesus sandte

"Hongo", *sagt Daudi, "jeder von euch kennt Chibua, meinen kleinen Hund mit den fröhlichen Augen und dem immer wedelnden Schwanz." Die Köpfe im Halbdunkel nicken.*

Vor einigen Wochen nahm ich Chibua zum Erdnüssepflanzen mit. Als wir den Boden bearbeitet hatten – ich mit meiner Hacke, er mit seinen Hinterpfoten –, begann ich zu pflanzen. Ich hatte Furchen gezogen und machte mich an die Arbeit. Aber bald fand ich heraus, dass Chibua hinter mir her trottete. Alles, was ich pflanzte, scharrte er mit seinen Pfoten wieder aus.

Da drehte ich mich um und sagte zu ihm: „Du bist ein dummer, kleiner Hund!" Er sprang auf mich zu. Seine Augen leuchteten, und sein Schwanz wedelte vor Freude. „Hör zu", sagte ich, „von den Erdnüssen, die ich pflanze, müssen wir später leben. Wenn du die Saat ausscharrst, gibt es keine Ernte. Dann müssen wir verhungern." Er wedelte mit dem Schwanz, und ich sagte mir: „Ich habe ihm freundlich erklärt, worum es geht; jetzt hat er es begriffen."

Am nächsten tag kam Chibua wieder mit. Und genau wie am Tag vorher scharrte er Nuss für Nuss aus der Erde. Da packte ich ihn und verabreichte ihm eine ordentliche Tracht Prügel.

Ganz überrascht heulte er auf und zog betrübt seinen Schwanz ein. Der freudige Glanz war aus seinen Augen gewichen. „Chibua", sagte ich zornig, „wenn du die Saat ausscharrst, gibt es keine Ernte und wir beide müssen verhungern."

Der Hund schämte sich und strich um meine Beine. Jetzt wird er es verstanden haben, sagte ich mir. Auf den grimmigen Ton kommt es an. Jetzt ist alles in Ordnung.

Am nächsten Tag steckte ich einen Knochen zu mir. Es ist gut, dachte ich, wenn man Gehorsam belohnt.

Wieder setzte ich Nüsse. Als ich mit der ersten Reihe fertig war, sah ich Chibua kommen. Er wollte gerade zu scharren anfangen. Da gab ich ihm den Knochen mit dem Fleisch. Seine Augen blitzten vor Freude, und sein Schwanz konnte sich gar nicht beruhigen.

Ich war gut zu ihm gewesen und dachte: Er muss erkannt haben, dass wir nichts ernten können, wenn er die Nüsse herausscharrt. Ohne Ernte gäbe es Hunger, Sorge und Tod.

Aber am nächsten Tag fing er doch wieder an zu scharren. Ich war traurig und bestürzt. Ich setzte mich unter den Bayubaum und dachte lange nach.

Wie sollte ich Chibua Verständnis beibringen?

Ich hatte freundlich mit ihm geredet und ihn scharf zurechtgewiesen. Beschenkt hatte ich ihn auch. Auf alle mögliche Weise hatte ich versucht, mich ihm verständlich zu machen. Was sollte ich nun noch tun? Es gab nur noch eine Möglichkeit. Ein Hund hätte ich werden und in seiner Sprache mit ihm reden müssen. Dann hätte er mich verstehen können.

Als ich darüber nachdachte, fiel mir ein, dass aus demselben Grund der allmächtige Gott seinen Sohn Jesus geschickt hat. Er wurde ein Mensch wie du und ich, geboren wie ich und wuchs heran wie ich. Sein Leben war mein Leben. Und er lebte, damit ich Gott verstehen kann. Denn ich kann Gott nur verstehen, wenn ich an Jesus denke.

Paul White

Jan und die toten Säuglinge

Für Jan lag eine leichte Wehmut über dem Silvestertag. Ein Strich wurde unter das Jahr gezogen. Im Pfarrbüro half Jan der Pastoralassistentin Paula Herbst bei der Aufstellung der Statistik. Nicht als ob unter dem Strich nur Negativposten gestanden hätten: Das Spendenaufkommen gegen Hunger und Not in der Welt, für Mission und Caritas war wieder einmal leicht angewachsen, obwohl es fast zwei Prozent mehr Arbeitslose in der Stadt gab. Das Ferienhilfswerk hatte 24 Kinder mehr an die Nordsee schicken können als im Vorjahr. Die Altpapiersammlungen waren auf insgesamt 64 Tonnen gestiegen. Viermal startete ein großer Lastkraftwagen, voll gepackt mit Kleidern, Lebensmitteln und Medikamenten, um die Not im Nachbarland lindern zu helfen. Einem Neupriester in Peru wurde der Kauf eines Jeeps ermöglicht. Die Bücherei in der Gemeinde hatte in ihren neuen Räumen sieben Prozent mehr Bücher ausgeliehen. Endlich hatte der neue Osterleuchter beschafft werden können.

Andererseits zählte Jan fünf Kirchenaustritte mehr als im Vorjahr. „Die Kirchenbesucherzahl ist in diesem Jahr nur um 0,5 Prozent zurückgegangen", sagte Paula Herbst. „Im vorigen Jahr lagen wir über einem Prozent."

„Das Wetter war vermutlich besser", brummte Jan.

„Unsinn. Wir nähern uns dem harten Kern der Gemeinde", ereiferte sich Paula Herbst. „Allmählich schält sich das heraus, was bleibt."

Jan antwortete nicht. Er hörte seit Jahren diesen Spruch vom so genannten harten Kern. Er zweifelte mehr und mehr daran, ob es den überhaupt gab, vor allem aber, ob er sich in Prozente fassen ließ.

Sie addierten die Trauungen, die Kommunionen, die Zahl der Rundbriefe, die Firmlinge.

„Ich finde es gut, dass der Pfarrer die Verstorbenen noch einmal beim Namen nennt", sagte Paula Herbst.

„Es ist eine lange Reihe in diesem Jahr", fügte Jan hinzu.

„Man wird erinnert. Zum Glück werden auch die Täuflinge namentlich genannt. Es sind übrigens sieben Tote mehr als Täuflinge."

„Wissen Sie eigentlich, Herr van Druiten, warum der Pfarrer die Täuflinge trennt nach solchen, die in der Krankenhauskapelle getauft worden sind, und solchen, die in unserer Pfarrkirche übers Taufbecken gehalten wurden?"

„Ist doch klar, Paula. Das Krankenhaus liegt wenige Meter jenseits der Gemeindegrenze. Es heißt zwar ‚das Krankenhaus von St. Michael‘, aber genau genommen gehört es zu St. Evermanus. Jedenfalls was den Standort angeht."

„Na und?"

„Paula, Sie haben doch in Ihrer Ausbildung Kirchenrecht

gehört. Muss ich Ihnen das erklären? Wessen Region, dessen Taufe."

„Wie im Mittelalter", seufzte Paula Herbst.

„Fertig", sagte Jan und zog nun endgültig den Strich unter Ziffern und Zahlen. „Ich bin gespannt, was Pfarrer Schulte-Westernkotten daraus macht."

„Am letzten Silvesterabend ging einem sein Fazit in der Jahresschlussandacht richtig unter die Haut", erinnerte sich Paula Herbst.

Das stimmte. Pfarrer Schulte-Westernkotten ratterte die Ziffern nicht einfach herunter. Er versuchte Analysen, zeigte Hintergründe auf, Ursachen. Jedes Mal war es ihm bisher gelungen, auch Zuversicht zu wecken. Jan jedenfalls verlor bei des Pfarrers Worten, bei den Texten, die er auswählte, den Psalmversen, den Schriftstellen seine Jahresschluss-Melancholie. So sehr, dass er den Wunsch des Pfarrers „Gesegnetes neues Jahr!" im letzten Jahr mit einem kräftigen „Danke, gleichfalls" beantwortet hatte. Erstaunt hatten ihn seine Banknachbarn angeschaut und er war im Nachhinein ein wenig verlegen geworden.

„Warum eigentlich?", stieß Jan hervor.

Paula Herbst schaute ihn fragend an.

„Na, warum antwortet die Gemeinde nicht laut und vernehmlich ‚Danke, gleichfalls', wenn der Pfarrer einen schönen Sonntag wünscht oder frohe Ostern oder eben ein gesegnetes neues Jahr?", fuhr Jan fort.

Paula Herbst lachte und antwortete: „Wir sind eben eine konservative Gemeinde. In St. Evermanus geschieht das längst." Sie schloss die Bücher und klappte die Deckel der Karteikästen zu. „Wir werden's in diesem Jahr nicht mehr ändern können", sagte sie.

Sie erhob sich hinter ihrem Arbeitstisch. Klein und schmal war sie und schaute ein wenig hilflos hinter den dicken Brillengläsern hervor. Als sie vor drei Jahren ihren Dienst in St. Michael antrat, hätte wohl niemand ihr zugetraut, dass sie mit Ausdauer und Zähigkeit und immer fröhlich in der Lage war, die Gemeinde zu verändern. Aber neun Kreise junger Familien waren seitdem entstanden, siebzehn Frauen und Männer hatten in diesem Jahr bei der Vorbereitung der Kinder auf die Erstkommunion geholfen.

Jan sagte seit Längerem zu Gret: „Die Paula ist ein Goldstück."

„Bis heute Abend, Paula", verabschiedete Jan sich.

Es war eine windstille, klare Nacht. Eine dünne Schneedecke hatte sich drei Tage nach Weihnachten über das Städtchen gelegt. Die Sterne versuchten wieder einmal, den Kampf gegen die Neonbeleuchtung der Straßen zu gewinnen. Aber das gelang nur am Stadtrand, wo die Laternen weiter auseinanderstanden und das Sternengefunkel nicht ausblendeten.

„Mehr Menschen als sonst", sagte Jan, als er die Kerzen angezündet hatte und in die Sakristei kam.

Glockenschlag 19 Uhr begann die Feier. Die festliche Doppelreihe der Messdiener mit Kerzen und Weihrauch eröffnete die Prozession. Der Kaplan trug die Bibel so voran, dass eine Ahnung von der Gegenwart des Herrn in seinem

Wort möglich wurde; am Schluss schritt Pfarrer Schulte-Westernkotten, gesammelt, ohne jede Hektik.

„Ich habe dich in meine Hand geschrieben." Unter diesen Leitgedanken hatte der Pfarrer den Gottesdienst gestellt. Und unter diesem Wort ordneten sich die Ziffern, Zahlen, Trends und Ereignisse, wurden mit Sinn erfüllt, waren unter diesem Aspekt nicht ohne Trost und Hoffnungen.

Der Kirchenchor sang im Wechsel mit der Gemeinde. Die ausgewählten Lieder und Strophen umspielten mit „Wer nur den lieben Gott lässt walten" und „Was Gott tut, das ist wohl getan" den Grundgedanken und vertieften ihn. Beim Gedächtnis der Toten und der Nennung der langen Namensreihe war es, als seien sie noch einmal gegenwärtig und inmitten ihrer Gemeinde. Aber am Schluss sollte nicht der Tod, sondern das Leben stehen. Die Namen der Täuflinge wurden gerufen: Zeichen von neuem Leben, von Zukunft und Überwindung der Angst, Zeugnis von Vertrauen und Angenommensein. In Pfarrer Schulte-Westernkottens Stimme klang das alles mit. Alphabetisch hatte Paula Herbst die Namen geordnet, damit keiner sich benachteiligt fühlte.

„Durch die Taufe aufgenommen in unsere Gemeinde, in die Hand des Herrn geschrieben und zu den Seinen gezählt wurden in diesem Jahr: Karlhans Abels, Rainer Abromeit, Friederike Adolphil, leider nach der Taufe verstorben, Kurt Caspers, ebenfalls als Säugling verstorben, Gertrud Dorring, Melitta Flakemeier. Auch dieses Kind ist nach der

Taufe verschieden." Hier hielt der Pfarrer inne, räusperte sich und schien über die Häufung der Säuglingssterblichkeit betroffen. Jan wunderte sich. Er hatte doch noch vor Weihnachten Frau Flakemeier mit dem Kinderwagen gesehen! Er schaute zu Paula Herbst hinüber. Irrte er sich oder perlten wirklich auf ihrer Stirn kleine Schweißtropfen? Blass war sie ja immer, aber dieses Kalkgesicht zeigte es deutlich. Der Paula war es schlecht. Jan würde sie im Auge behalten müssen.

Der Pfarrer fuhr fort mit Melanie Görgens, Ralf-Günther Grasemeier, Daniel Isenbügel und Konrad Korn. Aber dann folgten drei Namen von Kindern, die der Herr gleicherweise viel zu früh zu sich genommen hatte. Kein Wunder, dass die Sterbefälle die Taufen überwiegen, dachte Jan. Aber plötzlich packte ihn das Entsetzen. Nicht wegen der toten Kinder, sondern weil es ihm dämmerte, dass irgendetwas in der Statistik nicht stimmen konnte.

Dann geschahen einige Dinge zu gleicher Zeit. Pfarrer Schulte-Westernkotten atmete tief durch und las weiter: „Julia Lohscheider, auch dieses Kind ..." Er stockte und blickte irritiert zu Paula Herbst hinüber, die sich ihrerseits rasch von ihrem Platz erhob und sich mit hastigen Bewegungen durch die Gläubigen drängte, dem Seitenausgang zu.

Jan erkannte, dass er Hilfe leisten musste, er erwischte Paula Herbst noch vor dem Ausgang und stützte sie. Der Pfarrer sagte „einen Augenblick", verließ das Lesepult und eilte zu Paula Herbst und dem Küster Jan.

Paula stieß halblaut eine Erklärung hervor: „Die Kreuzchen, mein Gott, die Kreuzchen!"

Jan war nun vollends verwirrt. Der Schweißausbruch der Pastoralassistentin, das wirre Reden von Kreuzchen. Sicher, Paula war überarbeitet. Aber dass solche Folgen eintraten?

Der Pfarrer, sehr blass und mit roten Flecken über dem Kragen, trat ganz dicht an die beiden heran.

„Was ist mit der Statistik?", fragte er ratlos. „Es ist doch schlechterdings unmöglich, dass all diese Kleinen …"

„Die mit den Kreuzchen Bezeichneten sind lediglich in der Krankenhauskapelle getauft worden", vermochte Paula Herbst noch hervorzubringen, ehe sie endgültig und völlig ohne Kraft in Jans Arme sank.

Wie vom Donner gerührt, stand der Pfarrer zwanzig Sekunden lang da. Dann hatte er sich gefasst. Während Jan Paula Herbst in die Kälte vor die Kirchentür führte und Paula sich auf eine Steinstufe hockte und losheulte, trat er an das Lesepult zurück und sagte: „Liebe Gemeinde, ich kann nur hoffen, dass die Eltern der eben genannten Säuglinge an diesem Silvesterabend nicht aus dem Hause konnten und, statt in die Kirche zu kommen, bei ihren Kindern bleiben mussten. Denn keineswegs war diesen Kindern ein so kurzes Leben beschieden, wie ich zunächst annahm. Unsere Frau Herbst hat hier auf der Liste hinter einige Namen ein Kreuzchen gezeichnet. Ich nahm an, dass dies das Zeichen für den Tod dieser Kinder sei. Wie konnte ich das Kreuz unseres Herrn so missverstehen? Ist nicht ein Kreuz vielmehr ein Sinnbild des Lebens? Dieses Kreuz ist lediglich das Zeichen dafür gewesen, dass die heilige Taufe in der Kapelle des Krankenhauses stattgefunden hat und dort diese Kinder in das Leben der Gemeinde gerufen worden sind."

Erst gluckste es ein wenig in den Kirchenbänken, aber dann war selbst draußen vor der Kirchentür bei Paula und Jan gar nicht zu überhören, dass ein befreiendes Lachen im Kirchenschiff erklang. Das machte der Frau Herbst ein wenig Mut und Jan und sie wagten sich wieder in die Kirche. Hinten, ganz gegen ihre Gewohnheit, blieben sie stehen. Ein wenig zaghaft zwar, aber doch von Anfang bis Ende sangen sie das Schlusslied mit: „Zu Bethlehem geboren …"

Des Pfarrers Stimme, durch das Mikrofon verstärkt, hob sich deutlich aus dem Gemeindegesang hervor. Jan behauptete später steif und fest, er habe es genau gehört, dass der Pfarrer die dritte Strophe ein wenig verändert gesungen habe. Sein Text habe gelautet:

„O Kindelein, von Herzen will ich *euch* lieben sehr, in Freuden und in Schmerzen, je länger, mehr und mehr. Eja, eja, je länger, mehr und mehr."

Willi Fährmann

Der König aus dem Morgenland

Die Glocken des alten Domes erfüllten die Luft mit ihrem brausenden Geläut. Claudia kam es so vor, als ob die Glocken sie zur Eile mahnten. Sie ging an der Hand ihres Vaters und wollte mit ihm Schritt halten.

Aber das gelang ihr nicht, denn wo er einen Schritt machte, da machte sie zwei, und so trabte sie neben ihm her wie ein kleiner Hund. Sie fand alles so schön, dass jetzt nach den großen Feiertagen noch ein Fest war, an dem man sich freuen durfte – das Fest der Heiligen Drei Könige.

„Wie lange", fragte sie ihren Vater, „wie lange dauerte die Reise der Heiligen Drei Könige?"

„Irgendwo", sagte ihr Vater, „steht von zwei Jahren geschrieben, aber so genau kann man sich auf derlei Zeitrechnungen nicht verlassen. Die Zeit kann ebensogut kürzer oder länger gewesen sein."

„Ich wäre gern dabei gewesen, als sie mit ihren Geschenken ankamen."

„Du kannst sie ja gleich im Dom sehen. Aber halt jetzt den Mund, Claudia, sonst schluckst du zu viel kalte Luft. Heute hat's der Winter in sich."

Claudia war still. Sie fühlte mit der Hand in ihre Mantel-
tasche und spürte, wie es knisterte. Das war ihr letzter Lebkuchen, den hatte sie sich noch schnell vom Teller genommen, bevor sie von zu Hause weggingen. Sie wollte ihn unterwegs essen, nach der Kirche. Denn auf dem Weg nach
Hause hielt man es doch vor Frühstückshunger kaum mehr
aus. Der Lebkuchen war mit Schokolade überzogen, und
in Zuckerschrift stand darauf: „Guten Appetit!"

Dann beschäftigte sich Claudia wieder in ihren Gedanken
mit den Heiligen Drei Königen. Wie schwer die gereist sein
mussten, auf Kamelen, und das so lange mit vielen Geschenken dabei!

Jetzt stiegen sie bereits die große Treppe zum Eingang hinauf. Aus dem Inneren des Domes drang ihnen die Musik
der Orgel entgegen. „Vater", flüsterte Claudia, „nach der
Messe gehen wir zur Krippe."

Der Vater nickte ihr zu. Es roch nach Weihrauch, und die
großen Tannenbäume standen wie Wächter rechts und
links vom Altar.

Nach der Messe gingen sie zur Krippe. Davor standen sehr
viele Menschen; der Vater sagte zu Claudia, die sich unruhig hin- und herbewegte und versuchte, sich auf die Zehen-
spitzen zu stellen: „Du musst abwarten. Wir können nur
langsam vorrücken."

Claudia unterdrückte einen Seufzer. Sie ließ die Augen unruhig hin- und hergehen. Plötzlich erblickte sie etwas. Vor
Staunen blieb ihr der Mund offenstehen.

An einer hohen, hellen Säule stand allein und abgesondert

ein junger Mann in einem blauen Mantel. Das war doch wohl nicht möglich! Claudia kniff zuerst einmal fest die Augen zu und riss sie dann wieder weit auf. Aber der Anblick blieb.

Der junge Mann hatte ein schwarzes Gesicht, eine breite Nase und dicke Lippen. Sein Haar sah aus, als wäre es aus lauter feinen schwarzen Drähten. Er sah traurig und müde aus. Er hielt die Hände zusammengelegt und betete. Die Leute um sich herum schien er gar nicht zu bemerken.

Einer der Heiligen Drei Könige stand da, lebendig und kein holzgeschnitztes Abbild, wie es Claudia gewöhnt war! Sicher stand er dort und wartete geduldig, bis er seine Gaben abliefern konnte; denn über der Schulter trug er einen blauen Leinenbeutel mit Schriftzeichen, die Claudia nicht lesen konnte.

Claudia kümmerte sich plötzlich gar nicht mehr darum, dass ihr Vater weiter nach vorn ging, weil nun eine Lücke vor der Krippe frei wurde. Müde, der dunkle König sah so müde aus! Vielleicht hatte er Hunger? Claudia dachte daran, dass man auf der Reise immer Hunger hat.

Da fiel ihr zum Glück der Schokoladenlebkuchen ein. Sie holte ihn aus der Tasche und ging auf den dunklen jungen Mann zu. Der erstaunte zutiefst, als er plötzlich ein kleines Mädchen vor sich stehen sah, das ihm mit einem tiefen Knicks ein in glänzendes Papier gewickeltes Paketchen überreichte.

„Weil Sie doch eine so weite Reise hatten."

Ehe er noch danken konnte, ging das kleine Mädchen

schon wieder eilig von ihm fort, suchte in der Menge und fragte ein wenig zu laut in die Stille: „Papi, wo bist du?" Aber da war schon Vaters Hand, die zog sie zu sich, nahm sie bei den Schultern und schob sie vor die Krippe. Claudia sträubte sich und versuchte, nach rückwärts zu sehen.

„Claudia, was hast du nur?"

Claudia gab dem Vater keine Antwort. Sie sah noch ein letztes Mal die Gestalt im blauen Mantel, die jetzt dem Ausgang des Domes zuschritt.

Der junge Student aus Afrika hielt noch immer das Päckchen in der Hand. Er war in die Kirche gekommen, weil er sehr traurig war, denn er war fremd in der Stadt. Die Leute starrten ihn neugierig an wegen seiner dunklen Hautfarbe. Nun hatte ihm ein Kind etwas geschenkt, weil er von weit her die Reise in dieses fremde Land gemacht hatte.

Es war ihm ganz leicht zumute, als er die Treppe hinunterlief, und lächelnd dachte er daran, dass heute das Fest der Heiligen Drei Könige war.

Ellen Schöler

Die Heil'gen Drei Könige

Die Heil'gen Könige aus dem Morgenland,
sie frugen in jedem Städtchen:
„Wo geht der Weg nach Bethlehem,
ihr lieben Buben und Mädchen?"

Die Jungen und Alten, sie wussten es nicht,
die Könige zogen weiter;
sie folgten einem goldenen Stern,
der leuchtete lieblich und heiter.

Der Stern blieb stehn über Josefs Haus,
da sind sie hineingegangen;
das Öchslein brüllte, das Kindlein schrie,
die Heil'gen Drei Könige sangen.

Heinrich Heine

Das Wegzeichen

Gegen Mitternacht hatten die drei Männer allein die Stadt verlassen, und der geschweifte Stern leuchtete wieder am Himmel und wies ihnen die Richtung. Sie waren schon eine gute Wegstrecke weit gegangen. Jeder führte sein Tragtier, einen Esel. Der eine trug Gold, der zweite Weihrauch, der dritte Myrrhe – Geschenke, die die Männer aus dem Morgenland für den neuen König mitgebracht hatten.

In der Stadt Jerusalem hatten die Männer den Neugeborenen nicht gefunden. Im Palast des Königs Herodes waren sie auf Misstrauen und Neid gestoßen, und davor waren sie geflohen, als die Nacht angebrochen war.

Niemand hatte ihnen sagen können, wo der neue König zu finden war, dessen Geburt ihnen, die am Himmel zu lesen verstanden, der Stern angezeigt hatte. Auch in dieser Nacht stand er funkelnd über ihnen. Aber bald graute der Morgen und Stern um Stern erlosch. Selbst das Licht des großen, geschweiften Sterns verblasste vor den Strahlen der aufgehenden Sonne.

Die Männer beobachteten es besorgt, und als sie den Stern nicht mehr sahen, hielten sie an.

„Wir werden bis zur nächsten Nacht rasten müssen", sagte einer von ihnen, „ohne unseren Stern finden wir den richtigen Weg nicht." Sie hoben die Lastballen von den Eselsrücken und ließen die Tiere weiden. Dann rissen sie trockene Dornbüsche aus dem Sand und schichteten sie für ein Feuer, denn um diese Stunde war es kühl. Sie setzten sich um das Feuer, nahmen Fleisch und Brot aus ihren Reisesäcken und aßen.

„Es kann nicht mehr weit sein", sagte der Schwarzhäutige, „denn der geschweifte Stern stand zuletzt fast über uns. Vielleicht sind wir vor dem Ende der nächsten Nacht am Ziel." Die anderen blickten sich um. Sie sahen nur dürres Gras, Dornbüsche und Sand von Horizont zu Horizont.

„Kein Schloss, keine Burg, kein Palast", sagte einer, „in denen ein König geboren sein könnte, den der Himmel selbst durch einen geschweiften Stern angekündigt hat."

„Und warum", fragte der Dunkle, „warum gibt es nicht ein gleiches Wegzeichen für den Tag? Warum nur einen Stern in der Finsternis … aber nichts, kein Feuermal, keinen Wolkenpfeil, keinen Vogel, kein Zeichen, das uns am Tage den Weg weist?"

So saßen die drei Männer um das Feuer, fragten einander und wussten keine Antwort, zweifelten und froren, denn das trockene Dorngestrüpp war rasch niedergebrannt.

Da hörten sie aus der Nähe einen hellen, klagenden Schrei, gleich darauf wieder, und alle drei sprangen auf und spähten in die Wüste. Der Laut kam von einem Dornbusch herüber. Als sie darauf zugingen, sahen sie ein weißes, wolliges Bündel, das sich in den Dornen verfangen hatte.

„Es ist ein Lamm!", rief der Älteste, der einen Bart trug, „ein Lamm, das sich verirrt haben muss." Er eilte zu dem Tier, befreite es aus den Dornen und nahm es auf seine Arme.

„Ein so kleines Lamm allein in der Wüste!", sagte er nachdenklich. – „Dass in der Nacht keine Hyäne es gerissen und gefressen hat!", rief der Jüngste erstaunt. „Es müssen Hirten mit ihren Herden in der Nähe sein. Denen ist es entlaufen."

Kaum hatte er das gesagt, sahen sie in der Ferne einen Mann herankommen. Er trug einen langen Stab und hielt den Blick gesenkt, als folgte er einer Spur. Bald erkannten sie, dass es ein Hirt war.

Da er das Lamm in den Armen des Bärtigen entdeckte, stürzte er mit einem Freudenruf darauf zu. Nach zwei Schritten jedoch blieb er erschrocken stehen, als sähe er erst jetzt außer dem Lamm auch die Fremden.

Wahrhaftig, sie sahen fremd aus: Jeder war gekleidet wie ein Fürst. Und doch waren alle drei von der langen Wanderung ausgezehrt und erschöpft wie Bettler, dazu der eine von ihnen dunkel wie verbranntes Laub.

Aber noch ehe der Hirt fragen konnte, wer sie seien, hob der Bärtige ihm das Lamm entgegen und sagte: „Nimm es! Wir haben es in den Dornen gefunden und sind froh, dass es dich zu uns gelockt hat, denn vielleicht wirst du uns zeigen können, was wir suchen."

Der Hirt nahm das Lamm auf seine Arme. „Wie kann ich euch dafür danken", fragte er, „dass ihr mir das Lamm zurückgebracht habt?"

„Dein Dank gehört nicht uns", sagte der Bärtige, „vielleicht aber wirst du unseren Dank verdienen, denn wir suchen etwas, das wir bei Tage nicht finden können."

Der Hirt wunderte sich darüber. „Ich kenne hier jeden Strauch", sagte er. „Wenn ihr etwa einen Weg sucht, so will ich ihn euch zeigen."

„Diesen Weg wird uns nicht jeder zeigen können. Bisher war es ein Stern, der uns führte."

Der Hirt horchte auf und fragte: „Ein Stern mit einem Schweif?" Die Männer nickten.

„Dann sucht ihr den Heiland!", rief der Hirt beglückt.

„Wir suchen den neugeborenen König", sagte der Dunkle, „er kann nicht mehr weit von hier sein." Der Hirt nickte. „Ihr sucht das Kind im Stall von Betlehem. Wir haben es gesehen, in der Nacht, als es gerade geboren war."

„Du sprichst von einem Stall", rief ärgerlich der Jüngste der drei, „wir aber suchen einen König!"

„Ihr werdet ihn finden und erkennen", sagte der Hirt, „folgt mir, ich führe euch zu meinen Gefährten in das Hirtenlager. Von dort aus ist es nicht mehr weit bis zur Krippe im Stall."

Die drei Männer blickten einander an. Hatten sie nicht genug von räuberischen Überfällen auf Reisende gehört? Und konnte dieser Hirt nicht der Lockvogel einer Räuberbande sein?

„Warum führst du uns nicht allein auf den richtigen Weg?", fragte der Dunkle.

Der Hirt sah sie fragend an. In ihren Gesichtern standen Zweifel und Abwehr. Er blickte auf ihr Gepäck, das im Sande lag, und begriff, was sie dachten und befürchteten. Er schüttelte den Kopf und trat mutig nahe vor sie hin.

„Packt mich, wenn ihr mir nicht traut", sagte er, „ich bin einer, ihr seid drei."

Und als sie schwiegen und sich nicht rührten, fuhr er fort: „Wir Hirten haben ihn gefunden, den ihr sucht. Darum gehören wir und ihr zusammen, und zu uns werden alle gehören, die sich auf den Weg zu ihm machen."

Und die drei Fremden folgten dem Hirten in das Lager.

Eva Rechlin-Bartoscheck

Quellennachweise